Personen

Felix Müller (52): Informatiker

Maria (32): Rezeptionistin

Tina Warnke (57): Tangotänzerin

Tessa (42): Arbeitskollegin von Felix

Ellen (50): Arbeitskollegin von Felix

Thomas Kröger (55): Chef von Felix

Nea (6): Tochter von Maria

Carlos (66): Tangolehrer

Barbara (55): Tanzpartnerin von Carlos

Flavia & Ricardo: Tanzpaar

Stefanie & Andreas: Tanzpaar

Evi & Herbert: Tanzpaar

Alwine & Claas: Tanzpaar

Renate & Günter: Tanzpaar

Sabine & Ralf: Tanzpaar

Bert Sieverding

Im Takt der Donau

Roman

FSC
www.fsc.org
MIX
Papier aus ver-
antwortungsvollen
Quellen
Paper from
responsible sources
FSC® C105338

Bibliografische Information der Deutschen Nationalbibliothek:
Die Deutsche Nationalbibliothek verzeichnet diese Publikation in der
Deutschen Nationalbibliografie; detaillierte bibliografische Daten sind
im Internet über http://dnb.dnb.de abrufbar.

© 2024 Bert Sieverding
Verlag: BoD · Books on Demand GmbH, Überseering 33, 22297
Hamburg, bod@bod.de
Druck: Libri Plureos GmbH, Friedensallee 273, 22763 Hamburg
ISBN: 978-3-8192-2804-9

Cover: ChatPGT

1

Don't Be That Way
Benny Goodman

Der Kaffee war schuld. Vielleicht auch der stressige Job mit zu wenig Schlaf, zu viel Alkohol und zu wenig Wasser. Tessa sagte mal, Männer über 50 müssten häufiger, könnten aber nicht mehr so oft. Nun, ich bin schon über 50 und ich muss häufiger und ob ich noch im Sinne von Tessa ›kann‹, weiß ich nicht. Ach ja, Tessa ist eine Arbeitskollegin und ein Lästermaul dazu.

Jedenfalls: Ich musste dringend. Bei der letzten Tankstelle hatte ich meinem Passat frisches Benzin, meinem Magen schwarzen Kaffee und meinem Kopf etwas Linderung verpasst. Mein Portemonnaie hatte ich nach dem Tanken auf das Armaturenbrett geworfen, mein Smartphone spielte über das Autoradio ›Don't Be That Way‹, Jazz von Benny Goodman. Wunderschön und passend zum herrlichen Herbstwetter. Doch nun wollte die Flüssigkeit heraus, aber mit Macht. Die Landstraße war eng. Vielleicht nur vier Meter breit. Links türmten sich steil die Felswände auf und rechts unten floss die Donau, die an dieser Stelle aufgestaut wurde und enorm breit war. Leitplanken schienen in dem Land etwas für Pessimisten zu sein, zumindest stellenweise. Eine Parkbucht übersah ich, da just beim Passieren ein Lastwagen entgegenkam und mir die Sicht auf die bergseitig gelegene Bucht versperrte. Als ich links einen kleinen Vorsprung im Fels sah, stoppte ich den Passat, hielt rechts scharf am Abhang und mit dem halben Auto auf der Fahrbahn.

Eigentlich sollte man auf dieser Strecke nicht anhalten. Doch es musste sein. Ich musste. Obwohl es Herbst war, war es warm und ich hatte das Fenster geöffnet, da ich für die Wartung der Klimaanlage zu geizig gewesen war. Klar hätte ich einen schnieken Dienstwagen fahren oder auch fliegen können, doch ich hatte Angst vorm Fliegen und die Dienstwagen durfte man im Unternehmen nur dienstlich nutzen, was ich für Schwachsinn hielt und daher lieber die Kilometerpauschale für meinen 12 Jahre alten Volkswagen abrechnete. Die Kiste war schon reichlich alt und hatte über 300.000 Kilometer auf dem Zähler, doch sie lief gut, der Benzin- und Ölverbrauch hielt sich in Grenzen und ich liebte es, Dinge aufzutragen oder zu nutzen, bis es wirklich nicht mehr ging. Mit Ausnahme von Computer-Technologie war mir nichts mehr zuwider als Mode und Fast Fashion. Außerdem lenkte das lange Fahren von meiner Einsamkeit ab, die mich nach dem tragischen Unglück befallen hatte.

In der Felsspalte stehend, konnten die anderen Verkehrsteilnehmer mich nicht sofort sehen. Es waren aber auch nur wenige Fahrzeuge unterwegs. Bevor ich das Unglück kommen sah, hörte ich das Dröhnen eines schweren Diesels. Ich guckte über die Schulter und sah einen langen Holzlaster mit viel zu hoher Geschwindigkeit vorbeirauschen. Der Platz zwischen Felswand und meinem Auto reichte so gerade eben für das 2,5 Meter breite Ungetüm. Doch ich Idiot hatte in einer Linkskurve geparkt; einer Kurve, die auch der Laster nehmen musste. Tessa hatte wohl doch recht, als sie sagte, dass es bei älteren Männern nicht mehr so zügig fließt, denn immer noch pinkelnd sah ich den LKW vorbeirauschen und die lang überragenden Baumstämme meinen geliebten Passat, getrieben durch die Beschleunigung der Linkskurve, den Abhang hinab drücken. Einen winzigen Moment hörte ich nur das abklingende Geräusch des Lasters. Dann ein lautes Krachen, als wenn ein abgesägter Baum krachend zu Boden schlägt. Zum Abschütteln blieb keine Zeit. Ich rannte über die Straße. Dort lag mein

Auto, immer noch schwankend im Geäst eines Baumes, den zu bestimmen mir so schnell nicht möglich war. Schlagartig wurde mir klar, was da gerade passiert war. Weg! Alles weg. Im Auto befanden sich meine Papiere, das Geld, das Handy, mein Gepäck – einfach alles. Am Körper hatte ich nur meine Kleidung, ausreichend für einen warmen Herbsttag. Das Autoradio dudelte noch, also war das via Bluetooth gekoppelte Smartphone noch heile. Und auf dem befanden sich Kopien des Ausweises und der Bankkarten. Von der Straße bis zum Auto unten waren es vielleicht drei Meter, bis runter zum Donauufer noch weitere fünf. Ich musste zum Auto runter, zumindest mein Smartphone, meine Papiere und meinen Laptop retten, denn auf den Laptop war mein Lebenswerk, zumindest der Teil seit der letzten Datensicherung vor ein paar Tagen. Es gab keine andere Wahl. Ich musste absteigen. Und versuchte es. Der erste Schritt klappte. Zwanzig Zentimeter waren geschafft. Der zweite auch. Aber, mein nächster Schritt löste eine Steinlawine aus. Ich konnte mich gerade noch festhalten, doch die Steine polterten in die Tiefe, trafen den Wagen, der sich, derart angetriggert von der Übergriffigkeit der Äste befreite und mit Wucht ganz unten am Flussufer zum Aufprall kam. Wieder war es ganz still. Aber nur wenige Sekunden. Dann gab es einen ohrenbetäubenden Knall und der Wagen stand in Flammen. Eine sengende Hitze stieg auf. Ich musste weg von dieser Stelle, ganz schnell sogar. Mit letzter Kraft kraxelte ich über die Felskante. Oben angekommen sah ich das ganze Drama. Sah, wie die Flammen den Lack abtrugen und nacktes Blech zurückließen. Sah, wie die Sitze kokelten. Hilflos glotzte ich auf mein Schicksal. Meine Flüche möchte ich hier nicht wiedergeben.

Nachdem ich vor Wut noch ein paar Steine auf die Karosse gepfeffert hatte, wurde mir klar, dass dieses Unglück wohl eine berufliche Wende bedeuten würde. Ich prüfte meine Hosentaschen, hoffend, darin etwas von Wert zu finden. Doch außer meinem Haustürschlüssel und einem Euro, den ich für Einkaufswagenschlösser bereit hielt, fand sich nur ein Stofftaschentuch, das auch schon bessere Tage gesehen hatte.

Während ich noch auf das Wrack starrte, waren bereits einige Fahrzeuge an der Unfallstelle vorbeigesaust. Da die Stelle aber nicht nach Unfall aussah, sondern dort nur ein großer, straßenköterblonder Deutscher auf die Donau glotzte, hatten sie ihre Fahrt ohne Halten fortgesetzt. Wenn sie genauer hingeschaut hätten, dann hätten sie gesehen, dass der Mann ungefähr 1,85 groß war, ein hellblaues Oberhemd zu einer grauen Jeans trug, dunkle Halbschuhe mit flacher Sohle anhatte und in dem Moment sehr, sehr mürrische Gesichtszüge aufwies, die ihren norddeutschen Ursprung nicht leugnen konnten.

Noch einmal blickte ich prüfend nach unten, ob irgendein wichtiger Gegenstand das Feuer überlebt haben könnte. Doch ich konnte nichts erkennen und auch nichts mehr tun an diesem Ort. Ich musste schnellstens telefonieren.

Das dritte Auto hielt schließlich auf mein drängendes Winken hin an. Es war ein alter DACIA Kombi. Der freundlich lächelnde Herr am Steuer verstand kein Deutsch und auch kein Englisch und ich sein Rumänisch nicht. Mit Gesten machte ich ihm klar, dass ich gerne irgendwo telefoniert hätte. Nach zwei Kilometern Fahrt hielt er an einem Hotel und verabschiedete mich mit einem Schwall freundlicher Worte, die ich nicht verstand.

Es war ein schöner Ort und gerne hätte ich diesen unter anderen Umständen kennengelernt. Zwar führte die Straße auf der Nordseite am Haus vorbei, doch grenzte das Hotel direkt an die Donau. Ein großer Parkplatz befand sich auf der anderen Straßenseite. Von außen wirkte das zweistöckige Haupthaus mit seinen schmalen Fenstern unscheinbar: Ein Urlaubshotel, geschätzt zehn Jahre alt. An der ganzen Straßenfront gab es nur eine Eingangstür und einen bescheidenen Halteplatz für ein Auto. Dort stand ich nun mit nichts.

Natürlich werden Sie sich fragen, was mich an einem Donnerstag im Herbst an die Donau trieb? Ich hatte in Belgrad zu tun gehabt, war dazu am Sonntagmorgen gestartet und als ich Montagfrüh beim Kunden in Serbien ankam, lag die Nachricht von meinem Chef bereits im Posteingang. Er sei verhindert und ich müsse am Freitag einem Kunden in Piteşti den neuesten Stand unserer Software vorführen und dabei Erfolg haben, denn für unsere Firma sei dieser Auftrag sehr wichtig. Sicher sei es für mich kein Problem, die Arbeiten in Belgrad bis Mittwochabend abzuschließen und dann am Donnerstag die lächerlichen 500 Kilometer bis zur rumänischen Walachei zurückzulegen. Schließlich führe ich ja gerne Auto, spottete er in seiner Mail. Zumindest hatte er die Adresse des Kunden und eine Hotelbuchung angehängt. Letztere hatte Ellen, das Herz der Abteilung vorgenommen, denn solche Tätigkeiten überließ Chef gerne dem Personal.

In der Tat war ich am Mittwochabend, das heißt in der Nacht zu Donnerstag mit den Arbeiten fertig geworden. Mein Ansprechpartner in Belgrad empfahl mir die kürzeste Strecke an der Donau entlang und einen Grenzübergang, der nur wenig frequentiert sei und damit wäre die Strecke inklusive Kontrolle schneller. Auch sei sie landschaftlich sehr schön und so hätte ich zumindest eine schöne Aussicht an einem herrlichen Herbsttag. Jetzt hatte ich einen herrlichen Herbsttag und eine schöne Aussicht auf den an dieser Stelle aufgestauten und daher sehr breiten Fluss, doch würde ich den Termin in Piteşti nicht wahrnehmen können, wenn nicht noch ein Wunder geschah. Und selbst wenn, ich hatte keine Unterlagen. Die hatten mit dem Laptop zusammen ihr Digitalleben ausgehaucht.

2

Nightmare
Artie Shaw

Ich trat durch die Eingangstür des Hotels mit dem passenden Namen Septembrie direkt auf eine Holztreppe zu. Die mittleren Stufen führten nach oben, wohl zu den Gästezimmern. Links und rechts gingen die Stufen geländerlos nach unten. Durch das angrenzende Fenster ergoss sich mein Blick auf eine mit Liegestühlen und Sonnensegeln bestückte Terrasse, die nahtlos an die Donau grenzte. Ein wunderbarer Ausblick. Unter anderen Umständen wäre ich geneigt gewesen, hier Urlaub zu machen. Ein Gang zur Linken führte zur Rezeption. Es war gegen Mittag und diese nicht besetzt. Ich machte mich bemerkbar, drückte sogar mehrfach auf die kleine Klingel, die man in fast keinem Hotel mehr vorfindet. Ich hatte es eilig. Warum war hier niemand? Nervös tippelten meine Finger auf dem Tresen herum. Nach ein paar Minuten trudelte endlich die Rezeptionistin ein, eine schlanke gut aussehende Dame, die ich auf zirka 30 schätzte, und begrüßte mich auf Rumänisch, was ich nicht verstand, denn ich war noch nie in Rumänien gewesen. Ich antwortete auf Englisch, erzählte von meinem Unglück und dem Wunsch, den Unfall der Polizei zu melden. Maria, so stand es auf ihrem Namensschildchen, schaute mich fragend an. Ich dachte, sie hätte mich vielleicht nicht richtig verstanden und wiederholte meine Forderung, schilderte meinen Unfall, worauf sie erschrak und fragte, ob ich verletzt oder weitere Personen verunglückt seien. Ich konnte sie beruhigen, worauf sie etwas stammelte, was ich als »Gott sei Dank« interpretierte, obwohl sie kein Deutsch gesprochen hatte. Dann endlich griff sie zum Telefon und wählte die Nummer der Polizei. Ihre Schilderung war kurz und knapp und beinhaltete primär die Adresse des Hauses, glaubte ich zumindest. Ich wollte draußen vor der Tür warten, dem Hotel keine Umstände machen. Doch Maria lud mich ein, auf der Terrasse zu warten, denn sicherlich hätte ich genug von vorbeirasenden Autos. Im Untergeschoss, es lag tiefer als die Straße, auf dem Niveau der Donau, führte rechts ein durch Torbogenfenster erhellter Gang zu einem Veranstaltungsraum und den Toiletten, links zum Restaurant, einem offenen Raum, dessen Holzfußboden nahtlos in die Terrasse überging. Ein Tresen grenzte den Küchenbereich ab. Eine Kühlvitrine zeigte herrliche Kuchenstücke, was mein Magen hörbar kommentierte. Hier könne ich auf die Polizei warten, sagte sie und fragte beiläufig, ob ich einen Kaffee oder ein Wasser wolle, was ich als äußerst liebevoll und freundlich empfand und dankend bejahte. Es tat mir leid, dass ich Maria, wenn auch nur in Gedanken, so abgekanzelt hatte. Daher bat ich sie mit meiner weichsten und freundlichsten Stimme darum, telefonieren zu dürfen. Worauf sie mir lächelnd das hinter dem Tresen stehende Telefon anbot. Selten hatte mich in einem Hotel eine derart freundliche Person begrüßt. Als Maria ging, schaute ich ihr hinterher.

Zuerst wählte ich die Nummer von Ellen, eine Festnetznummer, die ich auswendig kannte, denn Ellen organisierte den Laden, wie ich unsere Abteilung abschätzig nannte, sie war sozusagen die Person für alles. Obwohl sie vor ein paar Wochen ihren 50sten gefeiert hatte, sah sie sportlich fitt aus; ich glaube, sie wanderte gerne. Doch das Telefon nahm sie nicht ab, war wahrscheinlich unterwegs. Dann wählte ich die Festnetznummer meines Chefs. Nach zehn Freizeichen gab ich auf. Jetzt war Tessa meine letzte Chance.

Tessa sieht aus, wie Lara Croft, na ja fast und meine Arbeitskollegen nennen sie so. Sie ist geschätzt 1,65 groß. Ihre Haare sind von Natur aus braun und werden regelmäßig rot gefärbt. Im Sommer kommt sie schon mal im Lara Dress, also in einem ausgeschnittenen Top und einer engen kurzen Hose, daher ihr Spitzname. Auf der rechten Wange hat sie ein Muttermal, und zwar genau an der gleichen Stelle, wo ich eins auf der linken Wange trage. Dies ist ihr auch schon aufgefallen und sie macht sich gerne über ihren Spiegelbruder lustig.

Mein Chef Thomas Kröger hatte aus einem verpfuschten Projekt gelernt und wollte einen gemachten Fehler auf keinen Fall wiederholen, nämlich das fehlende und schlechte Marketing gegenüber Geschäftsführung und Kunden. Alle meine Kollegen waren ebenfalls Ingenieure und Informatiker. Wir konnten Spezifikationen schreiben und Software entwickeln, bekamen aber Werbeprospekte oder Handbücher nicht zustande und sahen deren Notwendigkeit auch gar nicht ein. Auch aus diesem Grunde verbrachte einer von uns fast die gesamte Zeit der Systemeinführung beim Kunden. Die Lösung hieß Tessa. Sie hatte Marketing studiert und sich auf Informationstechnologie spezialisiert. Programmieren konnte sie nicht, was sich zu ihrem Vorteil entwickelte, da sie die Welt aus der Sicht der Anwender sah, genau wie der Kunde. Tessa ist 10 Jahre jünger als ich und war, bevor sie zu uns kam, bei einem Computer-Hersteller beschäftigt. Ihre Dokumentation versteht jeder sofort. Beim zweiten Kunden, bei dem wir unsere Mustererkennung in die Produktion brachten, halbierte sich die Einführungszeit. Meine Kollegen spotteten trotzdem über sie. Kann ja nicht programmieren. Ich schätzte sie sehr und wenn möglich fuhren wir gemeinsam zum Kunden. Tessa hat jedoch die Eigenschaft, dass sie sich für jede Gefälligkeit bezahlen lässt, nicht mit Geld, sondern mit Gegengefälligkeiten. Kommt man ihr nicht entgegen, wird sie pampig und geißelt mit bissigen Kommentaren.

Während ich den von einer Bedienung servierten Espresso schlürfte und Tessas Nummer wählte, traten zwei Polizisten in den Raum und begrüßten mich in gebrochenem Englisch. Tessa musste warten. Ich schilderte ihnen mein Unglück wortstark und mit fuchtelnden Händen. Einer der beiden schüttelte ungläubig den Kopf. Der andere meinte nur, ich solle mitkommen und ihnen die Stelle zeigen.

Ich hatte Mühe, den Ort wiederzuerkennen. Zum einen hatte ich die Straße in der entgegengesetzten Richtung befahren, zum anderen saß ich hinten im Polizeiauto und konnte nur wenig von der Straße sehen. Schließlich konzentrierte ich mich auf die Felsspalte, in der ich gestanden hatte und gab den beiden ein Zeichen, als das Auto die Stelle passierte. Klar, dass auch das Polizeiauto dort kaum halten konnte, doch der Fahrer schaltete das Blaulicht ein und wählte eine kleine Parkbucht einige hundert Meter weiter. Die Bucht lag auf der Bergseite. Ich hatte auf meiner Fahrt die Gegenrichtung genommen und die Bucht wegen eines entgegenkommenden Fahrzeugs nicht beachtet. Trotzdem ärgerte ich mich in diesem Moment erneut über meine Blödheit. Warum hatte ich ausgerechnet in dieser Scheißkurve halten müssen?

Der Passat lag verkohlt am Ufer. Die Blätter des Baums, in dem er zuerst hängen geblieben war, waren verkohlt und die Äste abgeknickt. Es war ein Wunder, dass der Baum das schwere Auto anfangs überhaupt hatte tragen können. Der kleinere der beiden Polizisten, beide trugen Uniform und hatten dunkle Haare, schoss mit seinem Smartphone Fotos und markierte die Unfallstelle auf Google Maps. Der andere Polizist, offenbar der Ranghöhere, redete in einem Wortschwall aus Rumänisch und Englisch auf mich ein, machte mir Vorwürfe an dieser Stelle gehalten zu haben. Er sagte, es sei Naturschutzgebiet und das Wrack müsse geborgen werden und er hoffe, dass kein Öl ausgetreten und den Boden verseucht hätte, dann würde es richtig teuer werden. Er fragte nach meinem Namen, meiner Anschrift und dem Kennzeichen des Autos, trug diese Daten in sein Notizheftchen ein. Dann notierte er Dinge, von denen ich glaubte, dass sie mich entlasten könnten, zum Beispiel, dass die Leitplanke an dieser Stelle fehlte. Ich sah seine flinken Finger eine Skizze anfertigen. Die Straße machte eine Linkskurve, genau hier fehlte die Leitplanke. Der Polizist zeichnete meine Fahrtrichtung ein und dann den Ort, wo das Auto vom Baum aufgefangen worden war. Erst im Nachherein fiel mir auf, dass er keine Notizen über die Stelle anfertigte, die ich zum Wasserlassen benutzt hatte, überhaupt interessierte ihn meine Schilderung des Holzlasters kaum.

Zurück im Hotel, machte der Ranghöhere mir die Auflage, Kontakt mit der deutschen Botschaft aufzunehmen, um einen neuen Ausweis zu erhalten und mir von Bekannten Bargeld zusenden zu lassen, da er die Strafe, die ich zahlen müsse, gerne in bar kassiert hätte. Am Folgetag, also Freitag, käme er mit dem Unfallprotokoll zur Unterschrift vorbei. Ich hatte auf Hilfe gehofft. Nun drohte mir eine Strafe – wofür? Was konnte ich dafür, dass dieser Holzlaster mein Auto zerstört hatte? Daher intervenierte ich sofort, erzählte nochmals vom Holzlaster und dass dieser der Verursacher des Unfalls sei. Der ranghöhere Polizist holte darauf sein Notizheft hervor und schrieb ein paar Sätze in Rumänisch auf eine leere Seite. Dann gab er mir die Anweisung, das Hotel nicht zu verlassen, bis sie den Vorfall geklärt hätten. Bevor er ging, sprach er noch kurz auf Rumänisch mit Maria, die mich dabei die ganze Zeit streng anschaute und gleichzeitig dem Polizisten zunickte. Nachdem die Polizisten gegangen waren, meinte Maria, es gäbe ein Problem. Ich hätte keinen Ausweis und auch keine Kreditkarte. Eigentlich dürfte sie mich nicht beherbergen. Aber sie würde eine Ausnahme machen, ich müsse nur Stillschweigen bewahren. Sobald ich einen neuen Ausweis und Geld hätte, könnte sie alles nachtragen und abrechnen. Bis dahin böte sie mir ein Bedienstetenzimmer an, das jetzt außerhalb der Saison frei sei.

Außerdem solle ich morgen auf eine Quittung bestehen und mich nicht von den Polizisten übers Ohr hauen lassen. Nicht alle seien ehrlich in diesem Land. Ihre schönen Augen lächelten, als sie das sagte. Ich war ihr dankbar und fragte mich die ganze Zeit, warum sie überhaupt so liebenswert freundlich zu mir war und ich anfangs in Gedanken so grob?

Maria hatte an der Rezeption zu tun und ich konnte endlich Tessa anrufen. Sie war tatsächlich noch im Büro und ich froh, endlich eine bekannte Stimme zu hören. Nachdem ich ihr mein Malheur geschildert hatte, erkundigte ich mich nach unserem Chef.

»Chef hat Urlaub. Kommt erst Dienstag zurück. Montag ist Feiertag, zumindest hier. Du kannst gerne arbeiten. Ich habe frei!«

Ach ja, der Feiertag. Dritter Oktober. Dieses Jahr ein Montag. So so, Chef verhindert, weil Urlaub. Und drückt mir den wichtigen Kunden in der Walachei auf! Meine immerzu schon vorhandene latente Wut auf meinen Vorgesetzten kam wieder hoch.

»Tessa, du musst mir helfen. Bitte suche auf dem Server die vom Chef erstellte Präsentation für den Kunden in Piteşti. Dort hat Chef den Namen und die Telefonnummer des Kunden vermerkt. Ich muss dort anrufen und absagen.«

»Das wird Ärger geben. Chef hat in der Abteilungsrunde am Dienstag gesagt, wenn aus dem Geschäft mit den Rumänen nichts wird, dann scheitert die Fusion mit den Amis. Die Folgen kannst du dir denken. Unser Wert sinkt, wir gehen Pleite, zu Weihnachten gibt es keine Prämie und du kannst dir zum Jahreswechsel einen neuen Job suchen.«

Diese Information war mir in dieser Detaillierung neu. Ich kannte nur den Flurfunk, hatte aber die Sprüche der Schwarzseher nicht ernst genommen. Ich nannte Tessa die Mailadresse des Hotels und bat um die Präsentation, jedoch zip-verschlüsselt unter Angabe des aktuellen Datums und meiner Initialen als Passwort. Ihr stummes Nicken, ein Zeichen, dass ihr dieser Auftrag nicht genehm war, wie ihr nie etwas genehm war, was nicht von ihrer eigenen Initiative ausging, konnte ich weder sehen noch hören, aber erahnen. Vielleicht hätte ich sie nicht überfallen oder erst die Bitte nach Geld vorbringen sollen. So war sie angepisst, als ich sie mit zartester Stimme anbettelte: »Tessa, ich brauche Geld. Kannst du mir 500 Euro überweisen? Also nicht per Banküberweisung, denn ich habe ja keine Karte mehr, sondern bar, per Western Union?«

»Nee Felix! Wir arbeiten zusammen - aber, dass ich dir Geld gebe, so weit kommt es noch. Hilf dir selbst!«

»Tessa, bitte! Ich habe nichts! Es ist alles verbrannt!«

»Nein! Du bist ein Eigenbrötler und lässt dir nie in die Karten gucken! Nun sieh zu, dass du mit dem Schlamassel selbst klarkommst!« Darauf legte sie auf.

Natürlich war ich sauer auf Tessa. Doch ich kannte sie nicht anders. Sie hatte ihren eigenen, dicken Kopf und mit einem solchen hatte ich sie in Projekten kennengelernt. Privat war sie anders. Nachdem wir einmal auf einer Geschäftsreise beim Kunden schneller fertig wurden, als geplant, hatten wir unerwartet einen Nachmittag Zeit. Klar hätten wir sofort zurückfahren können, doch unser Zug war für den Vormittag des nächsten Tages gebucht und die Plätze reserviert. Wir nutzten die Zeit, besichtigten die Stadt und beim Bummeln entdeckten wir ein Café, das gemütlich im Wiener Stil eingerichtet war. Wir setzten uns an einen Zweiertisch, gönnten uns Kaffee und ein Stück Fruchttorte. Wir hatten Zeit und sie erzählte ihre Geschichte. Es dauerte nur eine Stunde und ich wusste, dass Tessa überzeugter Single war und sich nicht binden wollte. Ihr Vater hatte ihre Mutter nämlich über Jahrzehnte bevormundet. Es war ihr erst nicht aufgefallen, schließlich wächst man in der Familie damit auf. Ein Schüleraustausch führte sie für ein halbes Jahr in die USA. Hier erlebte sie in einer Familie, bestehend aus zwei berufstätigen Fachkräften und Zwillingstöchtern, beide etwas älter als Tessa, wie Familie auch anders gehen kann. Alle Entscheidungen wurden quasi basisdemokratisch getroffen. Nur wenn eine Person partout dagegen war und sehr triftige Gründe hatte, zählte die andere Mehrheit nicht, sondern es wurde ein Kompromiss gesucht. Die erste Abstimmung, die Tessa miterlebte, fühlte sich wie ein Streit zwischen Mutter und Töchter an. Doch es war eine Diskussion zwischen den Parteien, in der zum Schluss Vorschläge zur Abstimmung eingebracht wurden. Als man Tessa gleichberechtigt mit einschloss, erkannte sie darin den demokratischen Prozess, den sie zu Hause nie erlebt hatte. Hinzu kam, dass die beiden Töchter ein sehr liberales Liebesleben führten. Freunde kamen zu ihnen nach Hause, wurden von den Eltern herzlich begrüßt und blieben über Nacht. Nie hörte man Vorwürfe oder Klagen. Lieber unter unserem Dach, als heimlich im Auto, war die Devise der Gasteltern. Tessa war damals sechzehn. Es dauerte nicht lange, bis sie sich in einen Jungen aus der Schule verliebte. Als sie davon erzählte, fuhr die Gastmutter mit ihr zum Arzt und kaufte ihr Verhütungspillen, etwas, was in Tessas Familie nie passiert wäre. Zwar wurde aus dem Sex mit dem Jungen nichts, weil Tessa ihn mit ihren sehr konkreten Vorstellungen überforderte und er einen Rückzieher machte. Doch dieses Erlebnis machte ihr klar, welche Macht sie als Frau ausüben konnte, wenn sie nur entschlossen genug auftrat. Zurück in Deutschland kam es prompt zum Streit mit dem Vater. Doch Tessa wollte nicht zurück in seine patriarchische Welt. Mit 18 zog sie in eine WG und sah ihre Eltern erst zur Abi-Feier wieder. Ihre Eigensinnigkeit sprach sich schnell herum und damit hatte sie in unserer Firma Erfolg.

In dem im Wiener Stil eingerichteten Café tranken wir Sekt auf unseren Erfolg. Nachdem wir die winzigen Gläser geleert hatten, lockerte sich Tessas Zunge und sie nannte unverhohlen ihr Ziel, eine Projektleitung zu übernehmen. Sie hatte weder Informatik noch Ingenieurwesen studiert, keine Projektleiterausbildung erhalten. Nichts sprach für sie. Doch sie war von ihrem Ziel überzeugt und fragte mich, nach dem besten Vorgehen auf dem Weg dorthin. Ich gab ihr ein paar Tipps, wir sprachen über den formalen Weg einer Ausbildung, sie erwägte die Möglichkeiten eines Privatcoaching. Dann kanzelte sie den Chef ab. Er hätte ihr schon mehrfach Avancen gemacht, doch sie fände das einfach nur peinlich. Eher würde sie dreimal pro Jahr die Firma wechseln, als sich hochzuschlafen. Sicher hätte er bei anderen mehr Erfolg.

Am liebsten hätte ich nach Tessas Abfuhr meinen Frust mit Alkohol ertränkt. Stattdessen tobte in meinem Kopfkino das Fusionsgespenst: Im Zuge der Globalisierung gab es mehrfach Gerüchte um eine Fusion unserer Firma mit Mitbewerbern. Das Ziel war, ein größeres Stück bei weniger Konkurrenz ergattern zu können. Jedes Mal sprach der Flurfunk von geplanten Entlassungen nach der Fusion. Es wurden sogar schon Abteilungen benannt, die angeblich wegrationalisiert werden würden. Zwar mag es hinter vorgehaltener Hand oder auf dem Golfplatz Gespräche gegeben haben, Realität wurde es jedoch bis dato nicht.

Erneut probierte ich es im Sekretariat bei Ellen unter der Festnetznummer. Vergeblich. Dann versuchte ich, ihre Handynummer zu rekonstruieren und schrieb die Rufnummer auf einen Zettel. Bei einer Ziffer war ich mir nicht sicher, probierte es trotzdem. Der erste Versuch scheiterte. Kein Anschluss unter dieser Nummer. Mit einer neun statt der sechs klappte es. Ellen meldete sich. Offenbar saß sie im Auto, und zwar auf dem Beifahrersitz, denn der Hall einer Freisprechanlage fehlte, doch Fahrgeräusche waren deutlich vernehmbar. Ohne meine Begrüßung abzuwarten, fiel sie mir ins Wort: »Felix Müller! Erst die Absage, dann seit Tagen kein Wort von dir. Und jetzt rufst du an. Jetzt! Heute! Wo es mir überhaupt nicht passt. Ich geb dir 20 Sekunden.«

»Ellen! Ich hatte einen Unfall. Das Auto ist kaputt, alle Sachen sind verbrannt. Bitte überweise mir Bargeld. Dringend. Ich sitze in Rumänien fest!«

»Wo denn in der Walachei? Nein mein Lieber. Das geht jetzt nicht. Ich bin unterwegs. Ruf Dienstagnachmittag wieder an!« Und damit beendete sie das Gespräch.

Stinksauer knallte ich etwas zu heftig den Hörer auf die Telefongabel. Gerade von Ellen hatte ich mehr Verständnis erwartet. Ich nahm mir vor, sie zukünftig wieder zu siezen.

Bei dieser Gelegenheit muss ich erwähnen, dass Chef sich von Tessa mehr Unterstützung bei formalen und organisatorischen Dingen gewünscht hatte. Ein Anrecht auf eine Assistenzkraft, früher nannte man es Sekretärin, hatte Chef nicht, wollte aber gerne wie seine Kollegen eine Dame im Vorzimmer sitzen haben – schon des Prestiges wegen. Doch Tessa wurde sofort von den Projekten absorbiert und nahm nie ihren vom Chef zugedachten Platz im Vorzimmer ein. Ein paar Jahre später gelang es ihm, im Zuge einer Umorganisation eine Assistenzstelle zu akquirieren, musste dafür aber eine Entwicklerstelle abtreten. Sein Plan war, diese Stelle mit einer jungen Schönheit zu besetzen, um es seinen Abteilungsleiterkollegen gleichzutun. Doch die Leitung der Personalabteilung durchschaute seine Pläne und setzte Ellen als erfahrene Kraft durch. Ellen war im Zuge einer Umorganisation frei geworden. So verlor Chef einen Entwickler und erhielt im Gegenzug eine Dame im Vorzimmer, die etwa gleichalt wie ich und zum Zeitpunkt der Stellenbesetzung noch verheiratet war.

Meine letzte Hoffnung war die deutsche Botschaft. Maria hatte die Telefonnummer der Botschaft in Bukarest herausgesucht. Ich wählte. Sofort sprang der Telefoncomputer an und vertröstete mich auch rumänisch und deutsch. Es folgte ›Bitte warten!‹ und Beethoven! Laut! Viel zu laut! Ich musste den Hörer vom Ohr nehmen. Es war nicht zu ertragen. Nach drei bis vier

Minuten meldete sich eine weibliche Stimme auf Rumänisch. Ich stammelte mein Sprüchlein, so von wegen, deutscher Staatsbürger, Unfall, alle Papiere verbrannt, kein Geld, säße an der Donau in der Nähe von Eşelniţa fest. Natürlich konnte ich den Namen des Ortes beim Ablesen von der Hotelvisitenkarte nicht richtig aussprechen und verhaspelte mich mehrfach.

»Ich verbinde…«, piepste sie.

Wieder Beethoven. Wieder eine kleine Ewigkeit, dann eine kurze Unterbrechung und wieder Beethoven. Schließlich eine männliche Stimme, die sich mit Namen und Botschaftsassistenz meldete. Den Namen hatte ich bereits vergessen, nachdem er ihn gesagt hatte. Ich stammelte erneut mein Sprüchlein herunter und erhielt zur Antwort:

»Sie müssen nach Bukarest kommen, zu uns in die Botschaft. Morgen haben wir keine freien Termine und Montag ist auch bei uns Feiertag. Kommen Sie am Dienstag.«

»Aber wie soll ich zu Ihnen kommen? Ich habe keine Papiere, keine Kreditkarten, kein Bargeld?«

»Lassen Sie sich von Freunden oder Verwandten Bargeld schicken. Die Botschaft ist kein Geldinstitut!« Und legte auf.

Maria hatte die letzten Sätze mitbekommen und berührte verständnisvoll meine Schulter. Bisher hatte ich sie als Teil des Hotels gesehen. Ich erinnere mich, abgesehen von einem Typen in Basel, der mich vor die Tür setzte, nie an Hotelpersonal. Es sind Menschen, wie du und ich, aber sie prägen sich mir nicht ein. So war es mir beim Betreten des Hotels an der Donau auch ergangen. An der Rezeption hatte eine uniformiert gekleidete Frau mein Anliegen bearbeitet. Im Restaurant sah ich sie im anderen Kontext, hatte einen anderen Blick auf sie geworfen, hatte ihre welligen blonden Haare bewundert. Jetzt, wo sie mich berührte, entstand eine Nähe, die ich lange nicht genossen hatte. Petra war früher auch immer sehr mitfühlend gewesen. Maria gab mir in diesem Moment, wo ich mein Lebenswerk über mich zusammenbrechen sah, den Halt den ich brauchte. Ja, obwohl sie viel jünger war, erinnerte sie mich an meine Mutter, die auch sofort alle Sorgen ihres Sohnes erahnt und mit aufmunternden Worten gelindert hatte. Maria war etwa einen halben Kopf kleiner als ich. Ihr Körper hatte die Frische einer jungen Mutter. Frauen verändern sich, wenn sie Mutter werden. Man spürt es, zumindest spürte ich es bei Maria, doch es dauerte noch einige Tage, bis ich ihr Kind kennenlernte. Ich schaute ihr ins Gesicht, das bei jedem Lächeln Grübchen warf und in ihre graublauen Augen, als sie leise und in gebrochenem Deutsch sagte: »Wir haben deutsche Gäste. Sie kommen spät am Abend. Vielleicht können sie Ihnen helfen.«

»Woher können Sie so gut Deutsch?«, fragte ich erstaunt zurück.

»Ich kann es nicht gut. Meine Oma ist eine Schwäbin, eine Banat-Schwäbin. Von ihr haben meine Mutter und ich Deutsch gelernt. Ich habe hier ein Übernachtungspaket: Rasierer, Zahnbürste, Zahnpasta, Handtuch und Seife. Und, im Restaurant steht Essen für Sie!«

In der Tat wartete auf der Terrasse ein Sandwich und ein großes Bier auf mich. Ich war wirklich sehr durstig und trank das Bier in einem Zug. Auch das Sandwich schmeckte lecker, doch Sitzen konnte ich beim Essen nicht, zu aufgewühlt waren meine Gefühle. Ich ging ein paar Schritte bis zum Ende der Terrasse und betrachtete immer noch kauend das Haus von dort. Direkt am Fluss lockten Liegestühle und Sonnensegel. Die von Fenstern durchbrochene Front des Untergeschosses war mit Rosenstöcken berankt. Die Gästezimmer darüber nutzten das Flachdach des Untergeschosses als Veranda. Den Zimmern im Obergeschoss hatte der Architekt einen halbkreisförmigen Ausguck auf die Donau und die schon auf der serbischen Seite liegenden Felsformationen gegönnt. Auf der anderen Seite des Hauses ging die Terrasse in einem Bootssteg über, an dem mehrere Motor- und Paddelboote vertäut lagen. Eine kleine Brücke führte über einen Kanal zu einem Swimmingpool und angrenzend ein kleines Häuschen, das wohl die Badetücher und andere Utensilien zum Baden und Bootfahren enthielt und mich an ein Bootshaus erinnerte. Kurzum: Das Ensemble war vielleicht gerade 10 Jahre alt und machte einen sehr guten Eindruck.

Nachdem ich das Sandwich verspeist hatte, begab ich mich auf den Steg und dachte nach. Ich versuchte, meine Situation zu begreifen. Es war alles so schnell gegangen. Der Alkohol wirkte wie ein Filter. Er wischte Wichtiges zur Seite und hob Unwichtiges in den Fokus. Leere Gedanken ließen mich auf die Donau starren. Ein Kreuzfahrtschiff schipperte flussaufwärts. Die Bugwelle schwappte gegen die Terrassenaufständerung. Die Bedienung kam zu mir, teilte mir mit, dass Maria mich an der Rezeption erwarten würde. Es sei eine Mail angekommen.

Jetzt erst dachte ich über Marias Deutschkenntnisse nach. Später fand ich heraus, dass das Banat bis zum Ersten Weltkrieg ein Gebiet im heutigen Ungarn, Rumänien und Serbien war. Als Teil des Kaiserreichs Österreich siedelten die sogenannten Banater Schwaben aus Teilen Süddeutschlands in dieser Tiefebene an. Stolz auf ihre deutsche Sprache gab man die Muttersprache an die Kinder und Kindeskinder weiter und daher sprach Maria ein gutes Deutsch. Für ihren in Norddeutschland arbeitenden Mann hingegen, wären Deutschkenntnisse von Vorteil, doch er sprach es nicht, da er keine schwäbischen Vorfahren hatte.

Der PC stand im Nebenraum. Maria hatte die Mail geöffnet. Sie war von Tessa und enthielt kommentarlos nur eine Datei, die verschlüsselte Zip. Ich öffnete sie, tippte das vereinbarte Passwort ein und blätterte durch die Präsentation, die ich hatte am Abend im Hotel in Piteşti überarbeiten wollen. Schon wieder regte ich mich über meinen Chef auf. Seine Präsentationen waren immer schon schlecht gewesen und diese war es auch. Im Anhang auf der letzten Seite befanden sich die gesuchten Kontaktdaten: Ansprechpartner, Termin und Ort, also Herr Nastase, Treffen 30.9. 9:30 Uhr, Besprechungsraum

R701. Zwei Telefonnummer waren auch angeführt. Eine Festnetz- und eine Mobilfunknummer.

Es war inzwischen 17 Uhr durch und die Wahrscheinlichkeit Herrn Nastase im Büro anzutreffen, betrachtete ich als gering. Ich wählte die Nummer trotzdem. Entgegen meinen Erwartungen meldete er sich gleich nach dem zweiten Ton. Ich stellte mich vor, entschuldigte meinen Chef und kam dann ohne Umschweife auf mein Dilemma zu sprechen. Ich hörte Herrn Nastase mehrfach deutlich schlucken. Ich bat um Verlegung des Termins, am besten um einige Wochen. Doch er antwortete, man hätte mehrere Anbieter eingeladen und wenn ich am Freitag um 9:30 nicht präsentieren würde, wäre ich damit aus dem Wettbewerb, weil wegen einer EU-Förderung man sich noch am Freitagnachmittag entscheiden und den Antrag bis Quartalsende nach Brüssel senden müsse. Hausinterne Diskussionen hätten eine zügigere Bearbeitung verhindert. Das täte ihm leid, aber es sei nun mal nicht zu ändern. Ich solle einfach morgen früh um 9:30 auf der Matte stehen und dann wäre auch die Wahrscheinlichkeit hoch, dass unsere Lösung zum Zuge käme.

Frustriert legte ich auf. Verunsichert ging ich im Anschluss auf der Terrasse auf und ab. Ich schaute auf die Donau, sah aber das Wasser nicht. Die Gefahr unterzugehen war größer denn je. Neun Uhr dreißig, war ohne Geld und Auto nicht zu schaffen. Oder doch? Ich fragte Maria nach Verbindungen. Sie meinte, bis Piteşti seien es rund 280 km und es gäbe weder eine gute Bahn- noch eine schnelle Busverbindung. Ich wagte nicht, sie nach einem Auto zu fragen, bat aus Frust um eine Flasche Wein und musste nachdenken.

3

Something Stupid
Frank Sinatra

Das Bedienstetenzimmer war klein und zweckdienlich eingerichtet: Bett, Schrank, Waschbecken, Fenster mit Blick nach
Westen. Aber besser als unter einer Brücke zu schlafen, war es
allemal. Kurzum: Viel Platz zum Austoben war nicht. Doch ich
fühlte mich, wie ein Rennpferd nach Abwurf des Jockeys, nur
dass ich der abgeworfene Jockey, und das Pferd verbrannt war.
Ich brauchte Aktivität, besser Aktionismus, doch daran war in
der Butze nicht zu denken, die oben unter dem Dach die nord-
westliche Ecke ausfüllte, und somit direkt an die Straße grenzte.
Auf dem Bett liegend, kam ich nicht zur Ruhe, denn ich hatte
das Gefühl, die herannahenden Autos würden mir über die
Füße fahren, so nah führte die Straße am Zimmer vorbei. Ganz
schlimm war es, wenn sich ein Laster näherte. Ich wartete
förmlich auf den Knall. Doch der blieb immer aus, denn kurz
vor dem Zusammenprall mit der Hausmauer bekam der Lärm
die Kurve. Ich konnte nicht liegen, mich nicht ausruhen. Zeit
zum Ruhen war nach dem Tod. Ich wollte arbeiten, die Welt
mit Technologie bekehren, doch hier? Ich öffnete den Schraubverschluss der Weinflasche und nahm einen Schluck direkt aus
der Pulle. Der Weißwein war zu warm und zu süß, ich würde
am Folgetag starke Kopfschmerzen haben. Doch es war mir

egal. Mit der Flasche in der Hand sann ich über gestern, heute und morgen nach.

Erst einmal in meinem Leben saß ich so richtig in der Patsche. Ich bin auf einem Bauernhof in Niedersachsen aufgewachsen und kannte selbst die 30 Kilometer entfernte Kreisstadt kaum, bevor ich dort zur höheren Schule kam. Ich war damals kindlich naiv und hatte noch Freude am Rolltreppenfahren. Wir hatten Milch- und Mastkühe, Schweine und Hühner, vor allem Zwerghühner und einen Hund. Früher hätten wir zwei Kaltblüter, Risthöhe zirka zwei Meter, gehabt, erzählte mein Vater gerne, wenn wir auf Pferde zu sprechen kamen. Doch das war lange vorbei gewesen, als ich mit der Grundschulklasse einen Ausflug ins Theater nach Bremen machte. Geplant war der Besuch des Ballettstücks Schneewittchen so gegen 11 Uhr morgens. Es war eine Vorstellung speziell für Schulklassen. Eine junge Lehrerin begleitete uns. Auf Wunsch der Lehrerin setzte uns der Busfahrer in der Nähe des Rathauses ab. Von dort mussten wir eine lange Strecke durch die Innenstadt laufen, um zum Theater zu kommen. Warum auch immer, jedenfalls führte die Lehrerin uns zuerst zum Roland-Denkmal, das jedes Kind ihrer Ansicht nach gesehen haben musste. Mich interessierte der Typ nicht. Ich wollte die Weser und den Hafen sehen und natürlich die Stadtmusikanten. Die kamen bekanntlich nie in Bremen an, ich wusste jedoch, dass es ein Denkmal für die Tiere gab, jenes mit dem Hahn obenauf. Und ich kannte Hühner und Hähne, Katzen und Hunde von unserem Hof. Nur Esel kannte ich nicht. Da ich Bremen mit den Stadtmusikanten assoziierte, musste in meinen Vorstellungen deren Denkmal mitten in der Stadt stehen und viel größer als der Roland sein. Als ich es per Zufall entdeckte, unscheinbar an der Backsteinmauer des Rathauses, wunderte ich mich über die geringe Größe. Trotzdem faszinierte mich die naturgetreue Nachbildung der Tiere. So etwas hatte ich noch nie gesehen und betrachtete die Skulptur von nahem und im Detail. Als ich mich ein paar

Minuten später umschaute, war die Schulklasse verschwunden. Wie vom Erdboden verschluckt. Ich geriet in Panik, denn ich wusste nicht mal, in welchem Theater die Vorstellung stattfinden sollte. Auch den Namen der Aufführung hatte ich vergessen. Mobiltelefone gab es damals noch nicht und Geld hatte ich auch keins dabei, meine Eltern waren kinderreich und arm. Verzweifelt lief ich zur nächsten Straße, versuchte, die Klassenkameraden zu erspähen. Doch vergebens. Kurz vorm Heulen und wirklich bedröppelt aussehend, betrat ich, meinen ganzen Mut zusammennehmend, einen kleinen Laden und bat um Hilfe. Eine Kundin, im Alter meiner Mutter, nahm mich ihrer an. Ich versuchte, meine Situation zu erläutern, merkte aber schnell, dass ich mich ganz auf die Lehrerin verlassen hatte und keiner Rückfrage standhielt. Ich wusste nur, dass wir eine Schulvorstellung besuchen wollten. Zusammen mit der Besitzerin des Ladens telefonierte die Kundin alle Theater der Stadt durch und wurde schließlich beim Theater am Goetheplatz, der ersten Adresse der Stadt, fündig. Zwar war es bis dorthin nicht weit, doch ich war verschüchtert und sah mich nach ihrer Wegbeschreibung (in diese Richtung, da hinten an der breiten Straße entlang, da wo die Straßenbahn fährt, dann links halten und dann ist es nach dem Graben auf der rechten Seite) außerstande den Weg zu finden. Ein Graben war für mich ein kleiner Wasserlauf zur Entwässerung von Feldern. Unter einem Graben in einer Stadt, wie Bremen konnte ich mir nichts vorstellen. Die Kundin spürte natürlich meine Unsicherheit und bot an, mich zu bringen. Sie fragte, ob ich lieber zu Fuß gehen oder Straßenbahn fahren würde. Ich zuckte unentschlossen mit den Schultern und meinte nur, ich sei noch nie Straßenbahn gefahren und hätte auch kein Geld. Die Kundin musste lachen, löste die Fahrscheine, erklärte dem Schaffner meine Situation und so fuhr ich das erste Mal in meinem Leben mit der Straßenbahn. Am Theater stieg ich aus, nicht ohne mich bei der fremden Frau herzlich zu bedanken. Der Platz vor dem Theater war voll mit Schulkindern. Ich sah niemanden von meinen Klassenkameraden. Auch hatte ich keine Eintrittskarte. Daher schloss ich mich einer fremden Klasse an und drängte mit anderen Kindern ins Haus. Dort setzte ich mich ins Parkett, denn ich wusste gar nicht, dass es auch Ränge gab. Mein Fehlen war weder der Lehrerin noch den Mitschülern aufgefallen. Niemand vermisste mich. Die Vorstellung faszinierte mich dennoch. Die Lichteffekte ließen Schneewittchens weißes Kleid mal Blau, mal Rot aussehen. Ich hätte schwören können, dass die Tänzerin sich in Windeseile hinter einem stilisierten Baum auf der Bühne umgezogen hatte.

Nach der Vorstellung trottete ich zu den wartenden Bussen, die jetzt gleich neben dem Theater parkten und fand auch unseren Bus sofort. Ich war der Einzige aus der Klasse, der die Stadtmusikanten ausgiebig betrachtet hatte. Dass die Weser gleich hinter dem Theater fließt und wir keinen Abstecher dorthin gemacht hatten, ärgerte mich noch monatelang.

Das Hin- und Herrennen im kleinen Zimmer machte mich verrückt. Ich fühlte mich wie ein Tiger im Zoo. Es musste doch eine Lösung geben, hoffte ich und wollte Maria um Hilfe bitten. An der Rezeption hatte Maria Feierabend und die Spätschicht ihren Dienst angefangen. Man kannte mich nicht und Maria hatte mich gebeten, Stillschweigen zu bewahren. Also tat ich so, als wäre ich ein gewöhnlicher Gast und ging weiter Richtung Toilette ins Untergeschoss. Schon von weitem hörte ich Stimmen im Restaurant. Man sprach Deutsch. Mal erklang ein helles Lachen, mal ein dunkler Bass. Als ich von der Toilette zurückkam, wagte ich einen Blick ins Restaurant. An einem langen Tisch saßen, ich zählte sie, 7 Damen und 6 Herren. Eine Dame zur Stirnseite rechts, der Rest bunt verteilt. Das Alter der Gäste schätzte ich so auf 45 bis Rentner. Bis auf einen Glatzköpfigen machten alle einen fitten Eindruck, das heißt, sie zeigten auf den ersten Blick keine körperliche Fülle, wie sie sonst bei deutschen Touristen in dem Alter häufig anzutreffen ist. Die Unterhaltung am Tisch war alles andere als friedlich. Nur die Dame an der Stirnseite beteiligte sich nicht. Die anderen Personen redeten sich in Rage und wetterten gegen den Glatzenträger, der ganz oben am Tisch saß und versuchte, die Leute zu beschwichtigen. Worum es ging, war aus Wortfetzen herauszuhören. Ein Herr brüllte »Betrug!« Eine Frau sagte laut: »Dann will ich mein Geld zurück.« Schließlich stand der glatzköpfige Herr auf und versuchte eine Erklärung: »Leute! Ich bitte um Ruhe.« Die meisten Stimmen verstummten. Der Mann schien unter den Teilnehmern als Autorität anerkannt zu sein. Eine Dame, die ihren Sabbel nicht halten konnte, wurde von ihrem Nachbarn, wahrscheinlich war es ihr Mann, zurechtgewiesen. Der Glatzköpfige fuhr fort: »Ich bin von der Absage der beiden genauso überrascht worden, wie ihr gerade. Enttäuscht bin ich auch. Aber ich kann es nicht ändern. Bezahlen werde ich sie jedenfalls nicht für die ausgefallenen Stunden. Ich schlage vor, dass Barbara und ich morgen zwei Workshops geben. Diese sind für euch kostenlos. Und heute Abend spendiere ich drei Flaschen Rotwein zum Essen. Keine Sorge, die lasse ich bei Ricardo auf die Zimmerrechnung setzen!«

»Aber die Rechnung zahlst doch du und damit wir!«, entgegnete ein Herr auf der anderen Tischseite, »Nee, ich will keinen Wein. Ich möchte meine Workshops, so wie geplant und bezahlt!«

Wieder im Zimmer sah ich gerade noch den abfahrenden Kleinbus, der die Reisegruppe wohl herumkutschiert hatte. Schade, wieder eine Chance vertan. Ich nahm noch einen Schluck Wein und bekam schon wieder Hunger. Doch Maria war weg und auch im Restaurant hatte das Personal gewechselt. Ich musste mich mit Wein begnügen, trank nochmals aus der Flasche und dachte über die Folgen meines Malheurs für die Firma und mich nach.

Ich arbeitete in einem Unternehmen der Automatisierungsbranche, konkret in einer Abteilung, die für die Software von Sortieranlagen zuständig ist. Unsere Lösung war in die Jahre gekommen. Kameragestützte Systeme, die mittels Mustererkennung auf einem Fließband dahinhuschende Objekte erkennen und Signale an Aktoren, wie Greifer oder Laserstrahler weitergeben, waren Standard in der Branche. Unsere Lösung war gut, aber technologisch veraltet. In Belgrad, zum Beispiel, nutzte unser Kunde die Software zur Qualitätssicherung in einer Brotfabrik. In schneller Folge verlassen dort Weißbrote die Backöfen, werden in Scheiben geschnitten und vor dem Abpacken kontrolliert. Unser System wertet Videoaufnahmen in Echtzeit aus, erkennt unschön aussehende Scheiben und Endstücke und teilt die Position Greifarmen mit, die diese dann aussondern, so dass sie nicht in die Verpackung kommen. Aus diesen Resten wird dann Paniermehl. Das alles passiert rasend schnell. So schnell, dass das menschliche Auge die Vorgänge gar nicht richtig verfolgen kann. Ein Problem kommt auf, wenn sich die Lichtverhältnisse ändern. Dann erkennen die Kameras die Brotscheiben nicht richtig und das System sortiert entweder zu viel oder zu wenig aus. In der Regel muss in diesem Fall die Beleuchtung nachjustiert werden. So auch in Belgrad. Irgendjemand war auf die Idee gekommen, in das Pultdach der Fabrik Lüftungsschächte einzulassen und hatte dafür die Beleuchtung versetzt. In Folge änderten sich die Stärke und der Einfallswinkel des Lichts und es gab keinen Ausschuss mehr oder nur noch Ausschuss, je nachdem. Alles, was ich Anfang der Woche hatte tun müssen, war die Lampen umsetzen zu lassen, die Kamera neu zu justieren und ein paar Softwarefilter zu ändern. Seit drei Jahren reiste ich wegen solcher Probleme durch die Welt. Ich hatte es satt. Aus diesem Grund arbeitete ich in jeder freien Minute an einer neuen besseren Software, die mittels künstlicher Intelligenz Abweichungen in den Lichtverhältnissen lernte, sprich sich selbst adjustierte. Das neue Verfahren funktionierte in einer Pilotanlage schon ganz gut. Doch wie jeder weiß, sind 80% schnell erreicht und die restlichen 20% dauern ewig.

Und genau diesen Piloten hätte ich am Folgetag in Pitești live vorführen wollen, so als Appetithäppchen zur Präsentation des Chefs, die mir nicht gefiel und die ich bestimmt im Hotelzimmer in Pitești überarbeitet hätte. Hätte! Klar hätten wir den Auftrag bekommen – hatte doch sonst niemand am Markt intelligentere Sortieranlagen. Was würde passieren, wenn ich den Termin verpassen würde, wonach es jetzt aussah? Unmittelbar vor meiner Reise nach Belgrad kam erneut ein Fusionsgerücht auf. Diesmal hörte es sich anders an. Ein ausländischer Konzern hatte angeblich Interesse, unser Unternehmen einzugliedern. Wir würden unsere Eigenständigkeit verlieren, aber an Kapitalkraft gewinnen. Redundante Positionen würden eliminiert. Derartige Pläne betrafen natürlich zuerst die administrativen Bereiche, wie Finanz, Personal und Einkauf. Das Gerücht sagte aber, dass auch die Softwareentwicklung, also unter anderen mein Job, zur Disposition stände. Denn es gäbe angeblich besser qualifizierte und vor allem günstigere Mitarbeiter im Konzern. Interessanterweise sprach der Flurfunk auch davon, dass man besonders an meiner neuen KI-basierten Mustererkennung interessiert sei, ja diese der eigentlichen Auslöser für die Übernahmegespräche sei. Unsere Geschäftsführung wollte sich natürlich so teuer wie möglich verkaufen, um den Eigentümern des Unternehmens die Fusion schmackhaft zu machen. So rückte meine KI-basierte Software in den Fokus. Um den Preis hochtreiben zu können, brauchte man neben dem Pilotprojekt, das faktisch keinen Gewinn abwarf, mindestens einen Kunden, der sich für die neue KI-basierte Lösung entschieden hatte. Und das war die EU-geförderte Abfallsortieranlage in Pitești. Käme der Vertrag zustande, erhöhte sich der Wert des Unternehmens um 20 bis 25%. Ohne wäre eine Pleite wahrscheinlicher als eine Übernahme.

Immer noch im Zimmer auf und abgehend ließ ich alle Katastrophenszenarien in meinem Kopfkino ablaufen. Doch ein anderer Bereich meines Hirns funkte dazwischen und machte mir den Vorwurf: Denk nicht an die Konsequenzen, sondern suche Lösungen, du faule Sau!

Gab es eine Lösung die Präsentation in Piteşti zu retten? Die Datei war noch auf dem Rezeptions-PC und ein USB-Stick würde sich finden lassen. Die Präsentation war schlecht, doch besser als nichts, sprich: Ich würde improvisieren müssen. Doch wie hinkommen? Ich könnte...

1. ein Auto klauen und sofort aufbrechen.
2. die Hotelkasse ausrauben und ein Taxi buchen.
3. die Gruppe überfallen.
4. die Rezeptionistin als Geisel nehmen und eine freie Fahrt erpressen.
5. übers Internet beim Kunden in Piteşti einbrechen und mit meinen nicht vorhandenen Rumänischkenntnissen den Vergabevorschlag ändern.
6. die Internetverbindung nach Brüssel hacken und den Antrag stehlen.
7. die Namen der anderen Anbieter heraus finden und im Namen von Herrn Nastase den Termin absagen.
6. Maria so lange bezirzen, dass sie mich nach Piteşti bringt. Nur war sie leider nicht mehr am Platz.

Oder: Ich könnte mich mit der Situation abfinden, mich besaufen und schon mal über einen neuen Job nachdenken. Das war die realistischste Variante.

Schon wieder hörte ich ein Auto heranrasen, schon wieder bekam es kurz vor meinem Zimmer die Kurve und schon bald verklang das Motorengeräusch in der Ferne. So viele Autos und mir fehlte eins. Es musste doch möglich sein, eins aufzutreiben.

Es dämmerte schon, als ich auf dem gegenüberliegenden Parkplatz fünf Karossen und einem Motorrad gegenüberstand. Der Fahrer der schweren BMW hatte das Lenkradschloss einrasten lassen. Wahllos probierte ich die anderen Fahrzeuge: Verschlossen, verschlossen, verschlossen, verschlossen, offen. Offen? Ja, der alte DACIA, eigentlich ein Renault 12, hatte defekte Türschlösser. Ich setzte mich hinein. Die Schalttafel aus Blech mit dem einfachen Tacho verdeckte den Kabelsalat darunter. Die Karre war über 20 Jahre alt und schon damals völlig veraltet. Das Modell war in den 1970er modern gewesen. Es war markant wegen seines Hecks, das lang war und recht steil abfiel und eigentlich ziemlich hässlich. Aber gab es damals schöne Autos? Rückblick ist golden. Noch nie hatte ich ein Auto kurzgeschlossen und keine Ahnung, welche Drähte miteinander zu verbinden sind. Ich probierte ein paar Kombinationen aus. Nichts! Die Batterie schien leer zu sein. Es war aussichtslos. Würde die alte Karre überhaupt die fast 280 Kilometer schaffen? Und das bis 9:30 in der früh? Wie viel Benzin war im Tank? Hatten die Reifen Luft? Ich stieg aus und schaute mir das Auto von außen an. Die Nummernschilder fehlten, genau, wie der Tankdeckel. Die Reifen waren platt. Dieses Schrottauto würde die Firma nicht retten. Frustriert und mit der Erkenntnis, es nicht mehr wuppen zu können, ging ich zum Hotel zurück.

Die Dame an der Rezeption hatte mich gehen sehen und nickte mir freundlich zu, so als sei ich ein normaler Gast. Ich musste aufs Klo. Wieder einmal. Diesmal war es der Wein. Von unten klang Musik. Eine Musik, die ich noch nie gehört hatte. Sie kam aus dem Gesellschaftsraum, an dem ich vorbei musste, um aufs Klo zu kommen. Die Tür stand offen, der Raum hatte eine Fensterfront zum Gang und einen Linoleumboden. Die gegenüberliegende Wand, also die zur Straße hin, war fensterlos. Ich erkannte die Leute wieder. Es waren die Deutschen, die ich bereits beim Abendessen gesehen hatte. Einige tanzten. Um dafür mehr Platz zu haben, hatte man die Stühle an den Rand gerückt. Darauf saßen der Dicke und zwei weitere Männer und unterhielten sich lautstark. Es ging immer noch um den Ausfall eines Workshops und es fiel mehrfach das Wort Tango. Vier Paare bewegten sich zur Musik, die von einem Lautsprecher wiedergegeben wurde, den man in eine Ecke des Raums platziert hatte. Darauf thronte ein Laptop. Auf dessen Display war ein Musikplayer zu erkennen.

Als ich von der Toilette zurückkam, beobachtete ich eine braunhaarige Dame, die alleine auf der entgegengesetzten Seite des Raums saß und mich mit ihren braunen Augen aufmerksam musterte. Ich schaute kurz zu ihr und sie lächelte mich an. Ich dachte mir nichts dabei, bzw. dachte, dass sie dachte, dass ich wohl auch Deutscher sei. Ich erinnerte mich an Marias Worte und überlegte kurz, ihr ›Guten Tag‹ zu sagen. Doch was hatte ich mit dieser geschlossenen Gesellschaft zu tun? Nichts. Und was hätte mich motivieren sollen? Meine Einsamkeit? Mein Frust? Mein Geldbedarf? Daher verwarf ich den Gedanken und schaute auf die Terrasse. Schlafen konnte ich nicht, zu viele dunkle Gedanken lasteten schwer. Ich sah auf den Fluss, beobachtete einen leeren Plastikkanister flussabwärts treiben, als Synonym meiner Zukunft: emotions- und bedeutungslos, fremdgesteuert dem Ende entgegentreibend. Und so ging ich auf die Terrasse, statt ins Zimmer und setzte mich auf einen Stuhl, statt mich ins Bett zu legen. Der Himmel war klar, es war kühl. Lange würde ich es ohne Jacke nicht aushalten, bibberte schon ein wenig. Doch die Luft tat mir gut, so wie der Alkohol mir nicht gutgetan hatte. Ich starrte auf die dunkle Felsfront der gegenüberliegenden Flussseite. Dort war Serbien. Eine Straße führte auch dort am Fluss entlang. Ab und an schlängelten sich zwei Lichter durch die Dunkelheit. Bergab waren sie weiß, bergauf rot. Mit meinem Leben ging es bergab. Ich war mit meinem Latein am Ende. Mein Leben war verpfuscht. Tessa war ein Biest, das für jede Gefälligkeit eine Gegenleistung einforderte. Mein Chef war ein unfähiger Trottel, doch schlau genug mich auszunutzen. Und Ellen? Und ich? Ellen und ich?

Ich war Ü50 und die bessere Lebenshälfte war schon lange Geschichte. Aus dem Gesellschaftsraum tönte Frank Sinatras ›The Best Is Yet To Come‹. Zwar nur kurz, aber immerhin, ich erkannte es. Der DJ spielte es als Pausenstück und es passte zum Tangoabend, so mein Vorurteil, denn in dem Lied geht es um den ersten Sex mit einer schönen Frau. Wenn ich in einer Sache gut war, dann beim Assoziationsfädenspinnen. Und so bewegte Frank Sinatra meine Gedanken zum Stück ›Autumn Leaves‹, das in keinem Jazz-Repertoire fehlen darf. Es geht um den Herbst, den Herbst im menschlichen Leben. Aber das ist so traurig, dass man es nicht hören mag. Und ›It was a very good year‹ ist auch nur Moll. Würde ich mein jetziges Alter in einem Jahreskreis einzeichnen, so stände ich – eine Lebenszeit von 75 Jahren angenommen - bei zweidrittel, also zwischen August und September, also zur schönsten Zeit des Jahres. Doch fühlte ich mich wie Oktober oder November; so hatte das Pech mich runtergezogen. Wer würde mich vermissen, wenn ich einfach in die kalte Donau springen würde? Wem würde es auffallen? Wer würde es überhaupt bemerken? Maria? Mir wurde wehmütig. Vermissen würde mich wahrscheinlich nur eine Person, die ich nicht mal mit vollständigem Namen kannte. Eine Frau, die Mitleid gezeigt hatte. Ausgerechnet Mitleid. Mit mir? Widerlich!

4

Lady Be Good
Ella Fitzgerald

Jemand trat hinter mich. Ich sah den langgezogenen Schatten auf den Terrassenbrettern und schnupperte Rosenduft. Von der Kontur her musste es eine Frau sein.

»Allein?«, fragte sie.

Ich drehte mich ruckartig um. Es war die lächelnde Dame aus der Tangogesellschaft. Jetzt stand sie vor mir, lächelte erneut, wobei sie die Lippen kaum öffnete, was ihre braunen Augen noch besser zur Geltung brachte. Ihr Blick spiegelte nicht nur das Lächeln ihrer Lippen, nein er zeigte auch Entschlossenheit. Diese Frau wusste, was sie wollte.

»Ich hab dir eine Decke mitgebracht. Es ist schon ein wenig kühl. Ich bin Tina. Und du?«

Sie trug ein dunkles halblanges, tief ausgeschnittenes Kleid mit dreiviertel Ärmel, dunkle Strümpfe und Tanzschuhe mit Absätzen, die ihre wohlgeformten Beine um 5 bis 6 cm länger machten. Ich schätzte sie auf knapp 170 cm, mit den hohen Schuhen. Nur die kleinen Augenfältchen verrieten, dass auch sie alle wichtigen Erfahrungen im Leben bereits hinter sich hatte. Mir fällt es immer schwer, das Alter einer Frau zu schätzen. Erst glaubte ich, Tina sei in etwa in meinem Alter. Später erfuhr ich, dass sie 5 Jahre älter war, was man ihr nicht ansah.

»Hallo, ich bin Felix.«

Sie setzte sich und kuschelte sich in die mitgebrachte Decke und auch ich warf mir das Wollgewebe über meine Schultern.

»Was ist los? Ich beobachte dich schon eine Weile und gerade eben hatte ich das Gefühl, du würdest gleich in den Fluss springen.«

»Ach, blöde Sache. Die Arbeitskollegen nennen mich manchmal auch Afelix und so fühle ich mich heute auch. Erzähl du. Was macht ihr hier?«

Tina musste lachen. Das tun alle, wenn ich mich selbst Afelix nenne. Einige brauchen ein paar Sekunden, andere checken den Witz nie.

»Witzig. Afelix, wie asymmetrisch zu symmetrisch. Also ›der Unglückliche‹. Richtig?« Ich nickte. Sie war von der schnellen gebildeten Sorte. Und das machte sie sofort sympathisch.

»Was wir hier machen? Nun, Tangoreise. Ja, so kann man es nennen. Wir waren zunächst ein paar Tage in Budapest. Eine wunderschöne Stadt. Dort kann man jeden Abend Tango tanzen. Seit Dienstag sind wir hier. Gestern sind wir auf der Donau geschippert, runter bis zur Staumauer. Heute haben wir Herkulesbad besichtigt. Morgen bis Sonntag ist Unterricht und jeden Abend gibt es eine Milonga. Montag in der früh fahren wir zum Flughafen Temeswar und von dort geht es zurück nach Frankfurt. Dienstag klingelt der Wecker morgens um halb sieben und es beginnt der alte Trott.«

»Und du bist allein hier? Ohne Partner?«

»Also ist der Herr doch ein wenig neugierig. Hätt mich auch gewundert. Nein. Mein Tanzpartner musste heute früh abreisen. Sein Chef hat ihm für morgen einen dringenden Termin in der Nähe von Bukarest reingedrückt. Hoffentlich kommt er am Samstag zurück, denn sonst kann ich bei den Workshops nicht mittanzen.«

Ich nickte zustimmend, denn das kam mir bekannt vor und dass Tinas Partner ebenso eilig abberufen wurde, machte mich gleichzeitig ein wenig stutzig.

»Felix, bist du geschäftlich hier?«

»Ja und nein. War in Belgrad und habe morgen früh um halb zehn einen Termin in Piteşti.«

»Wo ist das?«

»In der Walachei, zirka 280 km von hier.«

»Oh! Wann willst du los? Morgen früh um vier oder fünf?«

»Am liebsten sofort, aber ich kann nicht!«

»Warum?«

»Tina, es ist nett, dass du fragst. Doch wenn ich dir jetzt alles erzähle, macht Afelix dir vielleicht nur miese Laune!«

»Reden ist das Einzige, was wirklich hilft. Erzähl es mir. Ich habe Zeit. Danach geht es dir besser.«

»Okay. Mein Auto liegt zwei Kilometer von hier am Donauufer und ist ausgebrannt.«

»Oh, wie ist das passiert?«

»Ich musste austreten. Ausgerechnet an dieser Stelle, gab es keine Leitplanken. Ein Holzlaster kam angerast und hat mein Auto mit seinem Hintern von der Straße in den Abgrund gewischt. Erst hing die Karre noch in den Ästen eines Baumes. Dann fiel sie runter und brannte aus.«

»Das glaubt dir keiner!«

»Stimmt. Die Polizei auch nicht.«

»Und, warum nimmst du nicht einen Leihwagen oder ein Taxi?«

»Geld, Papiere, Laptop, alles verbrannt.«

»Das glaub ich nicht. Du lügst.«

»Nein. Ehrenwort.«

»Und warum bist du hier in diesem Hotel – ohne Geld?«

»Ich habe das Bootshaus da vorne aufgebrochen, musste aber aufs Klo und du hast mich erwischt.«

»Noch ne Lüge!«

»Okay, die liebe Rezeptionistin drückt beide Augen zu. Wahrscheinlich, weil die Polizisten gesagt haben, ich müsse bis morgen hierbleiben.«

»Und wo schläfst du nun, im Bootshaus?«

Ich schüttelte den Kopf. »Ich darf ein Bedienstetenzimmer nutzen.«

»Dann bin ich ja beruhigt, dachte schon, ich säße einem Einbrecher gegenüber.« Tina lachte. Als sie merkte, dass ich ihren Spruch überhaupt nicht komisch fand, hakte sie nach: »Ist dein Termin morgen sehr wichtig?«

»Falls wir den Auftrag nicht bekommen, scheitert die Fusion und Chef schmeißt mich raus. Sagt die Kollegin.«

»Also ist dir der Termin sehr wichtig. Hast du versucht, ihn zu verschieben?«

»Ja, hab angerufen. Die Entscheidung fällt morgen, weil letzter Tag im Quartal. Später gibt es keine EU-Förderung für die Anlage.«

»Schitt.« Tina schwieg einen Moment und schaute mich prüfend an. »Felix, wenn es wirklich so wichtig ist, dann leih ich dir das Geld für die Fahrt. Wir rufen ein Taxi, fahren zum nächsten Geldautomaten. Ich ziehe für 500 Euro Landeswährung. Und dann gehts los. Morgen um 9:30 kannst du Geschäfte machen.«

Ich blickte Tina prüfend an. Sie hielt meinem Blick stand. Sekunden verstrichen, in denen mein Hirn ihr Angebot prüfte.

»Tina. Du kennst nicht mal meinen Nachnamen. Das kannst du nicht machen. Wenn ich nun mit dem Geld abhaue?«

»Du hinterlegst den wichtigsten Gegenstand, den du noch hast. Was wäre das?« Tina schaute auf meine Uhr.

»Meine Uhr ist es nicht. Das ist eine Smartwatch und muss jede Nacht geladen werden. Jetzt hat sie noch 15% Akkukapazität. Morgen steht sie. Ich kann dir nur meine Haustürschlüssel anbieten. Das Einzige, was ich immer in der Hosentasche trage. Aber Tina, willst du das wirklich oder machst du Scherze?«

»Nein. Ich meine es ernst. Wenn es dir so wichtig ist, dann solltest du es durchziehen. Komm, wir rufen jetzt ein Taxi!«

Ich sprang auf und umarmte die fremde Dame. »Danke, jetzt bin ich wieder Felix!«

Tina war schon unterwegs, wollte ihre Schuhe wechseln und ihr Smartphone holen. Ich fing an zu grübeln. Es war zu einfach. Es musste doch einen Haken geben. Klar! »Moment!«, rief ich ihr nach, »da ist noch ein Problem.« Tina stoppte ihren schnellen Gang und schaute mich fragend an. »Mein Laptop ist ja verbrannt. Doch ich habe mir heute Nachmittag von meiner Kollegin die Präsentation an den Rezeptions-PC des Hotels schicken lassen. Die Datei bräuchte ich. Sie müsste noch auf dem PC sein. Und ein USB-Stick findet sich hoffentlich auch.«

Tina und ich gingen zur Rezeption. Die Dame, die dort Nachtschicht hatte, kannte mich und meine Probleme nicht, denn Maria hatte diese Details nicht weitergegeben. Ich schilderte ihr weit ausschweifend mein Problem, von wegen: Laptop kaputt. Arbeitskollegin hat Mail ans Hotel geschickt. Brauche die Datei.

Nachdem die Dame sich meine Ausführungen angehört hatte, fragte sie nach meinem Namen und der Zimmernummer. Ich glotzte Tina verlegen an. Tina schaltete schnell und nannte ihre Zimmernummer, die 4 und ihren Nachnamen ›Warnke‹. Die Rezeptionistin glaubte ihr entweder oder dachte sich ihren Teil, schließlich sind Hotels auch Orte, an denen Leute sich zum Sex treffen und dazu falsche Personalien angeben. Sie bat zu warten und ging in den Nebenraum, dort wo der PC stand. Nach einer gefühlten Ewigkeit kam sie zurück. Es sei keine Mail von der Firma, die ich genannt hätte, im Posteingang. Entweder es sei keine Mail gekommen oder Maria hätte sie gelöscht. Ich stutzte, hatte die Mail doch mit eigenen Augen gesehen. Daher bat ich die Rezeptionistin, mich einen Blick in die Mailbox werfen zu lassen. Widerwillig lies sie mich an den Rechner, nachdem ich einen Bettelblick aufgesetzt und auch Tina ihr gut zugeredet hatte.

Ich scrollte die Mailliste durch und fand nichts von Tessa. Dann schaute ich in den Mail-Papierkorb. Er war leer. Dann in den Papierkorb des Desktops. Nur Müll. Keine Präsentation. Einen kurzen Moment bedeckte ich die Augen mit meinen

Händen, dachte nach, suchte im Gedanken nach Verstecken, an die sich die Präsentation noch befinden könnte. Doch mir fiel keine Antwort ein. Mein letztes Aufbäumen war von der Technik niedergeschlagen worden und niedergeschlagen jammerte ich: »Tina, sie ist weg. Es hat keinen Sinn, ein Taxi zu bestellen. In Jeans könnte ich dort sicher auftauchen. Aber ohne Präsentation, ohne Laptop macht es keinen Sinn. Ich würde den Wettbewerb verlieren. Daher geb ich auf.«

»Okay, schade!«

Ich dankte der Rezeptionistin und ging mit hängendem Kopf zur Terrasse zurück, setzte mich erneut ans Wasser und brauchte ein paar Minuten zum Nachsinnen. Tina schien meine Enttäuschung zu spüren und ließ mich allein. Ich glaubte, sie sei wieder zu ihren Tango-Leuten zurückgegangen. Jedenfalls folgte sie mir nicht. Mir war zum Heulen. Während meines Studiums war es mir nach einer versemmelten Prüfung auch so schlecht gegangen. Damals hatte ein Studienkollege mich mit folgendem Spruch aufgemuntert: »Lächle und sei froh, es könnte schlimmer kommen! Und ich lächelte und war froh – und es kam schlimmer!« Ja, es hätte schlimmer kommen können. Wenn der Holzlaster früher gekommen und ich schon gehalten aber noch im Auto gesessen hätte, dann wäre ich nicht mehr. Doch ich lebte noch und war froh darüber. Wie ich so über die Relativität des Glücks nachsann, kehrten sich meine Schuldgefühle in Wut gegen den Chef um. Er hätte einen derartig wichtigen Termin selbst wahrnehmen müssen, statt blau zu machen. Eigentlich müsste er sich selbst feuern. Jemand berührte meine Schulter. Es war Tina.

»Kopf hoch. Das Leben geht weiter. Hier!«

Sie hatte Zwetschenschnaps geholt und hielt mir ein Glas hin. Wir stießen an.

»Tina, mich als deinen Partner auszugeben, das hättest du nicht machen müssen. Trotzdem Danke!«

»Ich habe übrigens keinen Partner. Nur einen Tanzpartner.«

»Oh!«, antwortete ich. Tina setzte sich und schaute über den Fluss. In der Ferne mühte sich ein Kreuzfahrtschiff stromaufwärts. Alle Kabinen waren hell erleuchtet, doch keine Personen zu sehen. Sicher hätte Tina mehr über sich erzählt. Die passende Stimmung lag in der Luft. Statt, dass ich sie dazu aufforderte, bat sie mich: »Und bei dir? Was macht deine Frau? Wie hast du sie kennengelernt?« Klar, dass es sie eigentlich gar nicht interessierte, sie mich aber aufmuntern wollte, dachte ich. Als hätte sie meine Gedanken lesen können, ergänzte Tina: »Diese Art von Geschichten finde ich immer interessant. Sie erzählen viel über einen Menschen.«

»Ich kann dir sagen, wie ich sie kennengelernt habe, doch nicht, wie es ihr geht. Denn sie lebt nicht mehr.«

»Upps! Das tut mir leid.« Es folgte eine Pause und dann: »Möchtest du darüber reden?«

Warum auch immer, an dem Abend hatte ich Lust, mich frei zu reden, einer fremden Person all das zu erzählen, was mich seit Jahren quälte. »Okay, du sagst, wenn ich dir meine Geschichte erzähle, geht es mir nachher besser. Mal sehen. Ich will dir nicht erzählen, wie sie gestorben ist. Es würde mich heute in dieser Situation in den Selbstmord treiben. Doch ich denke gerne daran zurück, wie ich sie kennenlernte«, begann ich. »Das war so: Ich habe zunächst Maschinenbau studiert und bin dann auf Informatik umgestiegen. Leider bekam ich für das Informatikstudium kein BAFöG. Ich musste nebenbei jobben und nahm abgesehen von einer regelmäßigen Aushilfe in einer Software-Klitsche jede angebotene Arbeit an, sofern sie nicht mein Studium zu stark behinderte. Für eine Faschingsfete in der Mensa wurde Personal gesucht. Ich habe mich gemeldet und sollte Getränke verkaufen. Nun bin ich nicht als Wirt zur Welt gekommen und muss ziemlich mürrisch dreingeguckt haben. Verkleidet war ich auch nicht.«

»Oh, wo war das?«

»In Norddeutschland, dort wo die meisten Leute zum Lachen in den Keller gehen.«

Tina grinste.

»Kennst du nicht? Ich erzähl weiter: Also ich habe Getränke verkauft und ein paar Leute müssen wohl über mich gewitzelt haben, jedenfalls kam der Veranstalter bald zu mir und meinte, es wäre besser, wenn ich in der Küche helfen würde. Den Getränkeverkauf übernahm eine gut gelaunte Studentin, die mit ihrem Lächeln einen Umsatzrekord erzielte. In der Küche schufteten drei weitere Personen. Zwei Bedienstete und eine BWL-Studentin, namens Petra. Ich durfte Geschirrspülen, sie schmierte und belegte Brötchen. Gegen zwölf waren Brötchen und Käse alle. Petra wollte unter die Leute und tanzen. Ich hatte noch zu tun, denn es gab jede Menge Gläser und Geschirr zum Abwaschen. Nachdem die Küche abgedunkelt worden war, konnte ich durch eine Art Bullauge auf die Tanzfläche gucken. So behielt ich Petra im Blick. Sie quatschte derweil mit Kommilitoninnen, trank Bier aus der Flasche oder tanzte wild gestikulierend ohne Partner. Nach einer halben Stunde kam sie zu mir und fragte, ob ich nicht endlich Feierabend machen wolle. Laut Vertrag hätte ich nur bis halb eins Dienst.«

»Stopp! Ihr hattet für euren Job einen Vertrag unterzeichnet?«

»Na ja, so ein Blatt, auf dem der Name, der Stundenlohn und die voraussichtliche Arbeitszeit eingetragen wurde. Auf meinem Zettel stand nur eine Anfangszeit, kein Ende. Das sagte ich ihr auch. Petra lachte über meine gewissenhafte Einstellung zur Arbeit und meinte, sie gäbe mir jetzt frei. Ja, sie nötigte mich, kitzelte mich und trieb mich, bekleidet mit einer Küchenschürze, auf die Tanzfläche, wo gerade 80er Hits gespielt wurden. Die Leute beömmelten sich über mein Kostüm. Nachdem ich meine Anfangsscheu überwunden hatte, machte mir das wilde Herumhotten immer mehr Spaß und wischte meine schlechten Gefühle und Gedanken beiseite. Ich hatte keinen Tropfen Alkohol getrunken, nichts geraucht und nichts eingeworfen. Ich war müde vom Schuften und dennoch fühlte ich mich wie auf Wolke Sieben. In ihrer Nähe ging es mir gut. Das spürte ich. Bald lagen ihre Arme um meinen Hals, meine Arme umschlossen ihre Taille und starke Magnete zogen unsere Lippen. Ich konnte nicht widerstehen. Nach wildem Geknutsche auf der Tanzfläche hatte ich richtig Feuer gefangen. Danach jedoch ließ sie mich zappeln. Vierzehn Tage fuhr ich jeden Tag bei ihr vorbei. Vierzehn Tage lang prallten alle Versuche einer Annäherung ab. Immer gab sie mir eins auf die Finger und lachte dabei. Dann erwischte mich eine Erkältung und ich musste im Bett bleiben. Einen Tag später stand sie vor der Tür und blieb.«

»Nette Geschichte.«

Tina fragte nicht weiter, fragte nicht, ob wir Kinder hätten. Ich hatte vorerst genug erzählt, wollte auch nicht mehr über Privates reden, denn ich kannte die Frau ja gar nicht. Außerdem nörgelte mein schlechtes Gewissen: Sie spendiert dir Schnaps, du trinkst. Sie bietet dir ihre Unterstützung an, du laberst sie voll. Um es zu beruhigen, fragte ich: »Kann ich dir einen Gefallen tun, jetzt wo meine letzte Hoffnungsflamme in Bezug auf den morgigen Termin erloschen ist?«

»Ja, tanz morgen mit mir Tango!«

Ich glotzte sie an, als hätte Tina sich in einen Alien verwandelt. Tanzen? Ich hatte die Geschichte meiner Ehe nicht zu Ende erzählt. Als ich jung war, war für uns Jugendliche das Herumhotten zur Pop- und Rockmusik und das Spielen der Luftgitarre üblich. Kaum jemand machte einen Tanzkurs, so mit Anfassen und so. Ich auch nicht. Wenige Wochen vor unserer Hochzeit gingen wir in eine Tanzschule und baten um einen Crashkurs Hochzeitswalzer. In der ersten Tanzschule lehnte man unsere Anfrage ab. Wir hätten vor einem Jahr kommen sollen. Vierzehn Tage vor dem Termin sei entschieden zu kurz. Die Zweite erbarmte sich unser. Wir erhielten vier Stunden Einzelunterricht und mussten richtig tief ins Portemonnaie greifen. Nach einer Stunde waren wir durchgeschwitzt. Als die vier Stunden endlich um waren, konnten wir gerade eben den

Takt halten und Vierteldrehungen aufs Parkett zaubern. Seitdem hatte ich keine Sekunde mehr über das Tanzen nachgedacht und so wiegelte ich ab:»Ich? Kann ich nicht!«

»Ich werde es dir beibringen. Bist du gut in Mathe?«

Ich verstand den Zusammenhang nicht. Was hatte Tanzen mit Mathe zu tun?

»Ja, bin Informatiker.«

»Dann wird es dir Spaß machen.«

»Und sonst? Wenn ich keine Ahnung von Mathe hätte?«

»Dann auch!«

Ich schwieg und schaute sie fragend an.

»Ganz ehrlich. Ich habe keine Lust, die nächsten drei Tage hier herumzuhängen, wie das fünfte Rad am Wagen.«

Ich glotzte sie erstaunt an.

Noch einmal holte Tina neuen Schnaps. Als sie zurück war, bedankte ich mich und fragte:»Wie bist du auf den Tango gekommen?«

»Das ist eine lange Geschichte, aber sie wird dich auf andere Gedanken bringen und außerdem muss ich dir den Tango ja schmackhaft machen.« Tina grinste. Wäre ich besserer Laune gewesen, ich hätte sie umarmt.

»Irgendwann spürte ich, dass ich mein Leben ändern musste, oder ich würde als verbitterte Alte vor der Glotze sitzend krepieren.« Tina schaute mich erwartungsvoll an. Nur was erwartete sie? Fishing for Compliments?

»Und was hast du geändert?«

»Ich kam auf das Tanzen, denn das war das Einzige, was ich in meinem Leben noch nicht extensiv ausgekostet hatte. Ich meldete mich für einen Salsakurs an, doch bekam einen Tag vor Beginn eine Absage, denn es hätten sich zu Wenige angemeldet. Darauf bin ich am Wochenende auf gut Glück auf eine Salsa Party gegangen. Vor Beginn fand ein Schnupperkurs statt. Der DJ nahm sich meiner an. Das war schön und hat Spaß gemacht. Später saß ich in der Ecke und habe zugeguckt. Jeder wusste, dass ich Anfänger war, dennoch wurde ich ein paar Mal aufgefordert. Einer meinte, er würde es mir beibringen. Ich willigte ein, merkte aber bald, dass ich in seinen Augen nur Beute war. Das ging mir gegen den Strich.« Tina machte eine kurze Pause, sann über das Gesagte nach.

»Und weiter?«

»Im Sommer sah ich Leute im Park beim Tango. Die Atmosphäre, so unter freiem Himmel gefiel mir. Alles war ungezwungen. Doch hing ich damals noch dem Salsa nach und wusste nicht, dass mich der Tango bald zu sich holen würde. Im Urlaub in Barcelona traf ich im Park wieder auf Tangotänzer.«

»Schöne Stadt. Leider sind im Sommer zu viele Touristen da.«

»Ja, leider, aber in dem Park waren nur Einheimische. Auf einer gepflasterten Fläche hatte man die Handtaschen und Rucksäcke in die Mitte gelegt und man tanzte im Kreis drumherum. Ich sah fasziniert zu. Ein älterer unscheinbar gekleideter Herr, wahrscheinlich ein Auswanderer aus Südamerika, schaute lange, zu lange zu mir herüber. Erst war es mir unheimlich, dass er mich so anstarrte, dann blickte ich zurück. Sofort kam er zu mir und fragte etwas auf Spanisch, was ich nicht verstand. Ich zuckte mit den Schultern. Er murmelte erneut ein paar unverständliche Worte, trat auf mich zu und deutete mit seinen Händen die Tanzhaltung an. Entgegen meinem Instinkt blieb ich stehen und öffnete meinerseits die Arme. Die Tanzhaltung war sehr nah, erst recht, wenn man bedenkt, dass es ein völlig unbekannter Mensch war, der mir sehr nahe trat. Doch es war angenehm und ich wollte und konnte nicht anders, als mitmachen. Er drehte ganz leicht seinen Oberkörper und da wir beide eine Einheit bildeten, konnte ich gar nicht anders, als mich mitzudrehen. Zwangsläufig und intuitiv setzte ich ein paar Schritte zur Musik. Dass ich sie nicht wahllos setzte, sondern er sie geführt hatte, kapierte ich erst viel später. Als das Tangomusikstück vorbei war, öffnete er die

Haltung und sagte einen Namen, es war wohl sein Vorname. Ich verstand Claudio und antwortete ›Tina‹. Dann begann das nächste Musikstück und wir nahmen wieder die Tanzhaltung ein. Ohne dass es mir bewusst wurde, gingen wir im Takt der Musik. Ich musste nur der Bewegung seines Oberkörpers folgen, die Füße gehorchten automatisch. Ohne, dass ich es richtig realisierte, tanzte er mit mir den Tango. Zwar waren es nur einfache Schritte, rückwärts und seitwärts für mich, aber immerhin. Ich war im Takt und konnte die Schönheit der langsamen Musik genießen, an der ich besonders schätze, dass es dieses nervige Schlagzeug nicht gibt. Beim nächsten Tango, den wir zusammen tanzten, führte er mich in eine Drehung, aus seiner Sicht eine Linksdrehung, es war nichts anderes als das normale Gehen, nur dass er dabei sachte um 360 Grad drehte. Es folgten Stopps, d.h. statt eines Schrittes schloss ich. Ich weiß gar nicht mehr, was alles passierte, denn seine Führung war so genial, dass ich einfach nur folgen musste. Heute weiß ich, dass wir zuerst zweispurig, dann dreispurig tanzten. Doch damals fühlte ich nur die Bewegung seines Oberkörpers und der Rest ergab sich von selbst. Leider waren vier Tangomusikstücke schnell vorbei. Er verabschiedete sich. Ich war sehr glücklich und wollte nicht länger zusehen, ich wollte tanzen. Willst du auch?«

Die Tango-Gesellschaft war müde und beschloss, zu Bett zu gehen. Als sie gingen, schauten sie neugierig zu uns hinüber. Ihre Gespräche verstummten. In meinem Kopf tobte Tinas Vorschlag. Mein Leben war von einem Moment zum nächsten ungewiss geworden. Warum nicht Tango lernen? Ich hatte eh nichts zu tun und irgendwie war ich Tina einen Gefallen schuldig. Daher sagte ich ihr zu.

Die Anzahl der vorbeifahrenden Autos hatte abgenommen und erstaunlicherweise schlief ich gut in der Nacht. In meinen Albträumen, die mich an dieser Nacht nicht einholten, betrat ich das Badezimmer der heimischen Wohnung und das, was folgte, ließ mich immer aufschrecken. Doch dieses Mal hatten der Schnaps und vor allem das Gespräch mit Tina mir die Entspannung gebracht, die ich gebraucht hatte, um ruhig schlafen zu können.

5

September In The Rain
Dinah Washington

Ich erwachte erst um halb acht am Morgen. Es war der 30. September und es hatte in der Nacht geregnet. Zwangsläufig musste ich in die Wäsche und Kleidung des Vortags schlüpfen und erst mal aufs Klo. An der Rezeption erwartete mich Maria.

»Guten Morgen Herr Müller!«

»Guten Morgen Frau Maria! Geht es Ihnen gut? Haben Sie meinetwegen Ärger bekommen?«

»Es geht mir gut, Danke. Ich habe ihnen Unterwäsche mitgebracht. Sie müsste passen. Mein Mann hat ungefähr ihre Größe und Figur.«

»Danke. Das ist wirklich sehr freundlich. Ich weiß gar nicht, wie ich das jemals wieder gut machen kann. Ist ihr Mann nicht eifersüchtig, wenn Sie seine Unterwäsche weitergeben?«

»Nein. Mein Mann arbeitet in Norddeutschland auf einem Bauernhof als Erntehelfer. Die Kartoffeln sind gerodet, jetzt ist der Grünkohl dran. In zwei Wochen kommt er wieder.«

»Oh. Das wusste ich nicht. Es gibt Berichte, dass rumänische Männer von deutschen Unternehmern wie Sklaven ausgenutzt werden. Insbesondere die Arbeit in den Schlachthöfen soll schlimm sein.«

»Ich kenne diese Berichte. Aber meinem Mann geht es gut. Der Landwirt ist ein guter Mensch aus einer katholischen

Gegend in Norddeutschland. Er hat für die Erntehelfer extra Häuser errichtet, gut eingerichtet mit Toiletten, Dusche und Küche. Und jeder hat sein eigenes Zimmer. Wie eine Wohngemeinschaft. Was mein Mann vermisst, ist seine Familie und seine Heimat. Aber, Deutschland ist reich, Rumänien arm.«

Ich schwieg und wartete, hatte keine Antwort auf ihren letzten Satz.

»Es gibt auch Schlachthöfe dort und böse Menschen. Ein Mann hier aus dieser Gegend, sollte für eine Matratze in einem baufälligen Haus 500 Euro pro Monat Miete zahlen. Das Haus gehörte dem Schlachthofbesitzer. Kollegen von ihm berichteten, dass einige Männer im Sommer in den Wäldern kampiert hätten, statt die überteuerten Zimmer zu zahlen.«

Es hatte sich im Laufe des Gesprächs eine sehr persönliche Atmosphäre ergeben. Daher bot ich ihr das Du an. »Maria, nenn mich einfach Felix. Das Sie ist so unpersönlich. Ich kann nicht die Unterwäsche eines Mannes anziehen, dessen Frau mich siezt.«

»Gerne, ich bin Maria.«

»Maria, kann ich dir irgendwie helfen?«

»Mir geht es gut. Ich habe Arbeit. Meine Tochter, sie ist sechs, ist jetzt in der Schule und nachmittags bei der Oma. Wir haben im letzten Jahr das Haus renoviert. Das hätten wir uns nie leisten können, wenn er nicht in Deutschland gearbeitet hätte. Und ich verdiene hier und lerne nette Menschen kennen und manchmal auch Männer, wie dich, denen es gerade viel schlechter geht als mir. Nimm die Unterwäsche und lass dich nicht von den Polizisten übers Ohr hauen.«

»Danke. Ich habe immer noch kein Geld. Meine Kollegin wollte mir nichts senden und meinen Chef habe ich noch nicht erreicht. Was soll ich den Polizisten sagen?«

»Nach meiner Meinung sollten sie den Fahrer des Holzlasters finden und anklagen. Du bist nicht schuld.«

Diese Worte taten wohl. Maria sprach das aus, was ich gehofft, aber vor lauter Selbstvorwürfen bisher nicht ausgesprochen hatte. Nun wurde ich neugierig und wollte Maria besser kennenlernen. »Was macht dein Vater, wenn deine Mutter sich um die Enkeltochter kümmert?«

»Ich kann mich an meinen Vater nicht erinnern. In den 1980er ging es dem Land unter Ceauşescu sehr schlecht. Die vorgeschriebene Zimmertemperatur im Winter betrug 14 Grad. Selbst vor den Bäckereien musste man stundenlang für Brot anstehen und der Strom wurde rationiert. Ceauşescu wollte sein Land zu einer Industrienation umbauen. Er setzte Bauvorhaben in Gang und hatte dazu hohe ausländische Kredite aufgenommen. Als ihm klar wurde, dass er sich damit von Westen abhängig macht, wurden zur Verringerung der Staatsschulden Lebensmittel rücksichtslos in den Export umgeleitet. Für Kopfschütteln sorgt auch heute noch sein Dorfzerstörungsprogramm, das er sich in Nordkorea abguckte. Er wollte Dörfer zusammenlegen und aus der traditionellen Landwirtschaft eine Agroindustrie machen. Achttausend Dörfer wären den Bulldozern zum Opfer gefallen. Trotzdem haben beide deutschen Staaten ihm, wie sagt man, einen hohen Verdienstorden verliehen. Die Bundesrepublik zuerst.«

»Das wusste ich nicht«, murmelte ich kaum hörbar.

»Mein Vater wollte fliehen, durch die Donau nach Jugoslawien. Fängt ja gleich drüben an. Er war von hier und kannte sich aus. Beim ersten Versuch kontrollierte die Securitate auf dem Wasser und er musste abbrechen. Beim zweiten Versuch wurde sein Freund, der mit ihm über die Grenze wollte, umgebracht. Er war vor meinem Vater losgeschwommen. Vater hatte abgewartet, hatte übersinnlich vielleicht die Gefahr gespürt. So konnte er umkehren und er schaffte gerade noch, der Geheimpolizei zu entkommen. Am nächsten Tag hat man ihn verhaftet. Jemand hatte ihn verpfiffen. Doch man konnte ihm nichts nachweisen. Frustriert über die Spitzel in seiner dörflichen Nachbarschaft, zog er nach Temeswar in die Stadt. Dort lernte er meine Mutter kennen und lieben. Noch vor der Hochzeit wurde meine Mutter schwanger. Doch damals lag immer noch ein Schatten über Rumänien. Es fehlte an allem. Daher hat Mama versucht, mich abzutreiben. Zum Glück habe ich mich zäh dagegen gewehrt.« Maria grinste hämisch. »Im Dezember 1989 kam es in Temeswar zu Demonstrationen. Die Sicherheitskräfte schossen wahllos in die Menge. Dreiundsiebzig Menschen starben. Mein Vater war einer von ihnen. Ich habe ihn nie kennengelernt. Wenn du nach Temeswar kommst, schau dir das Denkmal dort an.« Maria griff zu einem Taschentuch und rieb sich die tränennassen Augen. Mir fehlten die Worte. Diese Frau überraschte mich erneut. Aus tiefem Mitgefühl umarmte ich sie und streichelte sanft ihre Schulter. Dann hörten wir Schritte und Maria verwandelte sich in die pflichtbewusste Rezeptionistin zurück und begrüßte die Gäste lächelnd. Hatte ich bei Maria eine Art Vaterinstinkt ausgelöst?

Auf der Terrasse wartete ein Frühstück auf mich, oder anders ausgedrückt, ich hatte mächtig Hunger und bediente mich am Buffet. Die Tango-Leute waren noch nicht da. Ich war gerade beim dritten Kaffee und hatte bereits Joghurt mit Früchten und Rühreier auf Toast verspeist, als die beiden Polizisten auf die Terrasse traten und mich zu sich winkten. Sie baten mich in den Gesellschaftsraum, wollten wohl vermeiden, dass andere Gäste uns zuhörten. Dort am Tisch legten sie mir ein Unfallprotokoll vor – auf Rumänisch. Ich sagte ihnen, dass ich nichts unterschreiben würde, was ich nicht verstände. Darauf nahm einer von ihnen sein Smartphone und übersetzte den Text durch Abfotografieren und mittels einer App. Die Beschreibung des Unfalls, die man mir zeigte, hatte mit dem wahren Geschehen nichts zu tun. Der Holzlaster tauchte in der Beschreibung gar nicht auf. Stattdessen behauptete das Protokoll, ich hätte das Auto absichtlich über den Abhang gefahren und sei im letzten Moment abgesprungen. Als Motiv nannten sie versuchten Versicherungsbetrug. Dabei war der 12 Jahre alte Passat kaum 1000 Euro wert. Warum Papiere und Geld mit verbrannten, erklärten sie nicht. Ich sagte ihnen, dass ich dieses

Lügenprotokoll nicht unterschreiben würde und forderte, dass sie nach dem Holzlaster fahnden sollten. Rede und Gegenrede gingen eine Weile hin und her. Kurz bevor mir die Nerven durchgingen, forderte ich, das Protokoll zu zerreißen. Mir war in dem Moment alles egal. Das Auto und den Laptop würde mir sowieso keiner mehr ersetzen. Ich wollte nur noch weg. Schluss, vorbei mit der elendigen Diskussion! Der Ältere der beiden versuchte es mit einem Deal. Wenn ich 500 Euro zahlen würde, würden sie das Protokoll zerreißen. Ich starrte ihn an, als wäre er Mephisto. Ein Teufel war er in der Tat. Mein recht gutes Englisch reichte nicht. Mir fehlten die Schimpfworte. Dann besann ich mich, dass hitziges Reagieren bei Vertretern der Staatsmacht nie Erfolg hatte. Zumindest sagte mir das meine Erfahrung mit Verkehrspolizisten in Deutschland. Daher atmete ich tief durch und sagte, dass mein Chef im Moment nicht in der Firma sei, ich kein Geld bekommen hätte und nicht mal wüsste, wie ich wieder nach Hause oder zur Botschaft nach Bukarest kommen könnte. Sogleich gingen die Emotionen doch wieder mit mir durch. Sehr laut und deutlich machte ich den beiden klar, dass ich nichts Verbotenes getan und die Verkehrsvorschriften nicht verletzt hätte. Ich würde ein Protokoll erwarten, das der Wahrheit entspräche. Der Ältere schwieg. Der Jüngere schaute mich streng an und sagte, ich solle bis zum Nachmittag das Unfallprotokoll selbst entwerfen. Sie kämen erneut vorbei.

In dem Moment wusste ich, dass weder Polizei, noch Botschaft, noch Chef mir in den nächsten Tagen helfen würden. Eher würde Maria für mich ihren Schmuck verpfänden oder Tina mich im Gepäckraum des Busses über die Grenze schmuggeln, als das einer der genannten Personenkreise mir zur Hilfe kommen würde.

Ich begleitete die Polizisten zum Ausgang, wollte sichergehen, dass die korrupten Mützenträger wirklich davon fuhren und nicht länger herum spitzelten. Noch während ich die Tür schloss, winkte Maria mich zu sich.

»Wie viel wollen sie?«

Ich wunderte mich, dass sie so genau Bescheid wusste. Die Korruption war anscheinend allgegenwärtig.

»500 Euro«, antwortete ich, »das Unfallprotokoll ist eine einzige Lüge. Sie kommen heute Nachmittag wieder.«

»Wie willst du jemands wieder nach Hause kommen?«, fragte sie besorgt.

»Maria, wie lange darf ich hierbleiben? Kann ich mich irgendwie nützlich machen? Abwaschen, in der Küche helfen, die Zimmer putzen?«, fragte ich zurück.

»Solange es unser Geheimnis bleibt, ist alles in Ordnung.«

Insgeheim hoffte ich, dass sich spätestens am Dienstag meine Lage bessern würde. Doch ich wollte alle Möglichkeiten ausschöpfen und nutzte mit Marias Erlaubnis das Telefon im Hinterzimmer der Rezeption. Das Büro des Chefs war verwaist und unter ihrer Mobilfunknummer meldete sich nicht mal Ellens Mailbox. Tessa nahm ihr Telefon nicht ab. Es war ja Freitag und oft arbeitete sie im Homeoffice und ab und an vergaß sie, ihr Telefon umzuleiten. Ihre Mobilfunknummer kannte ich nicht auswendig. Wozu auch? Man hat ja schließlich ein Telefonbuch im Smartphone.

Tina saß allein am Tisch. Der große Tisch bot Platz für 6 Personen, der kleine für 4 und Tina war wohl ein paar Minuten später gekommen und hatte am Katzentisch Platz nehmen müssen. Am Vorabend war sie festlich gekleidet gewesen. Jetzt saß eine Frau in hellgrauen Stretchjeans und rotem Baumwollpullover vor mir; ihre Haare noch verwuschelt von der Nacht, ihre Haut gesäubert und ungeschminkt. Hätte ich sie unter anderen Umständen auf der Straße wiedergetroffen, ich hätte sie kaum wiedererkannt.

Ich setzte mich dazu und begann erneut mit dem Essen, worüber sie sich freute. »Hat die Gruppe dich ausgeschlossen?«, fragte ich.

»Ach weißt du, seit mein Tanzpartner abgereist ist, bin ich für einige dort drüben kein Mitglied der Gruppe mehr.« Dabei nickte sie in Richtung des großen Tisches. »Es war ein Fehler, mitzufahren. Die didaktischen Fähigkeiten des Tangolehrerpaares, sie nennen sich Carlos und Barbara und sitzen drüben am 6er Tisch, sind unterirdisch. Die anderen Tänzer weigern sich, aus Angst vor der Schelte ihrer Gattinnen mich aufzufordern. Diesen Tangourlaub kann ich abschreiben. Aber jedes Jahr erneut nach Kroatien oder Gran Canaria ist auf Dauer langweilig. Jedes Jahr dieselben Gesichter, jedes Jahr dieselben Beteuerungen, im Folgejahr wiederzukommen. Ich war mal in Paris. Nachmittags an der Seine und abends am Trocadero. Wenn man da als Frau ohne Partner auftaucht, muss man aufpassen, alleine zurück ins Hotel zu kommen. Tanzen können sie dort auch sehr gut. Bevor du fragst: Auf Buenos Aires spare ich noch.«

»Carlos ist der Dicke drüben – richtig?«

»Genau. Daneben seine Tanzpartnerin Barbara. Verheiratet ist er mit einer anderen – glaube ich. Doch man munkelt, er verbietet seiner Tanzpartnerin, mit anderen Männern zu tanzen. Wird sie aufgefordert, muss er zustimmen. Was für ein Ego-Gockel!«

Carlos, geschätzt weit über sechzig, hatte ein Vermögen in sein Bauchvolumen investiert und sein Lungenvolumen konnte Leute erzittern lassen. Tangolehrer hatte ich mir anders vorgestellt: niedriger Schwerpunkt, kurze Beine, maximal 60 kg und sie ballettgestählt, höchstens 50 kg. Bei Carlos hingegen waren die Schultern so breit geraten, dass ein zur Halsweite passendes Oberhemd sie kaum aufnehmen konnte. Der Kopf war glattrasiert, seine kleinen Augen spähten schweinsartig aus tiefen Höhlen, sein kugelrunder Kopf wurde bei Anstrengung hochrot, seine Füße steckten in Quadratlatschen, Größe 47 oder noch größer. Kaum vorstellbar, dass dieser Mann geschwind das Tangobein schwingen konnte.

»Wer kam überhaupt auf die Idee, an die Donau und dann ausgerechnet hierher zu fahren, um Tango zu tanzen?«, fragte ich neugierig.

»Nun, das ist eine Frage des Geldes. Dieses Hotel ist im Vergleich zu anderen sehr günstig. In Budapest hausten wir in einem Billighotel. Die Stadt ist schön, man kann auf Milongas Tango tanzen. Aber es gibt keinen Platz zum Üben, also für die Workshops. Hier haben wir den Gemeinschaftsraum und viel Platz und heute sollte ein argentinisches Paar kommen, das gerade irgendwo hier im Osten auf Tour ist und uns unterrichten. Die beiden haben wohl diese Lokation empfohlen. Mir scheint, sie waren schon mal hier. Ich finde es ganz schön hier, solange man nicht allein ist, wie du.«

»Wieso ›sollte‹ das Paar kommen? Kommen sie nun doch nicht?«

»Gestern Abend kurz vor dem Abendessen erhielt Carlos einen Anruf. Das Paar hat wohl kurzfristig einen gut dotierten Auftritt angeboten bekommen und sein Kommen für heute abgesagt. Sie werden erst morgen eintreffen.«

»Ach, deswegen gab es gestern Streit innerhalb der Gruppe.«

»Genau! Hast du uns belauscht?«

»Konnte nicht anders. Ihr ward unüberhörbar. Nur du warst schweigsam in dich gekehrt.«

»Ja, musste die beiden Tiefschläge verdauen. Erst der Tanzpartner, dann die teilweise Absage des argentinischen Paares. Doch jetzt bist ja du da!«

»Genug der Schmeichelei. Wo treffen wir uns zur ersten Lektion?«

»Drüben auf der Terrasse, sobald die Frühstückszeit vorüber ist. Die Gruppe übt im Saal – äh Gemeinschaftsraum. Carlos und Barbara werden ersatzweise unterrichten. Ich brauche nur noch einen Lautsprecher für mein Smartphone. Kannst du mal deine Freundin an der Rezeption fragen?«

»Na, na. Wer wird denn gleich eifersüchtig sein. Sie ist vierunddreißig, verheiratet und hat eine kleine Tochter.«

»Was du schon wieder weißt. Es gibt Männer, denen das egal ist!«

»So einer bin ich nicht! Aber, ich frage gerne.«

Maria schickte mich in den Bootsschuppen. Im Sommer hatte ein Bluetooth-Lautsprecher auf dem abseits gelegenen Terrassenbereich für Partystimmung gesorgt, jetzt Ende September wurde er nicht mehr benötigt und war im Schuppen zwischengelagert worden.

Tina schien der angrenzende hintere Bereich gut zu gefallen. Er war vom Restaurant aus nicht sofort einsehbar. Also konnte uns niemand angaffen. Doch sie wollte noch ein paar Minuten warten, bis die Frühstückszeit auch offiziell beendet war.

»Wie hast du deinen Tanzpartner gefunden? Gab es wider Erwarten einen Männerüberschuss beim Tango?«

»Ja, das erzähl ich dir gerne. In Barcelona hatte ich den Tango kennen und lieben gelernt. Zurück in Deutschland erkundigte ich mich telefonisch bei einem Veranstalter nach einem Tangokurs. Er sagte mir, dass ich mich ohne Partner gar nicht anzumelden bräuchte. Ich fragte, ob es wirklich ein Mann sein müsse oder ob auch zwei Frauen miteinander tanzen könnten? Seine Reaktion war widerlich. Echter Chauvi. Doch er gab mir den Tipp mit der Tanzpartnerbörse.«

»Partnerbörse?«, fragte ich erstaunt. »Ja sowas gibt es. Ich habe dann einfach nach einer Frau gleicher Größe gesucht, sie angeschrieben und gefragt, ob sie bereit wäre, mit mir zusammen einen Kurs zu machen und dabei die Rolle der Führenden zu übernehmen. In einem folgenden Telefonat willigte sie ein und nannte auch gleich einen Veranstalter, der offener gegenüber gleichgeschlechtlichen Paaren war. Dort haben wir einen Grundkurs belegt. Um den obligatorischen Anfängerworkshop kam ich herum, weil meine Partnerin bereits an einem teilgenommen hatte.«

»Muss man den sonst machen?«

»Kommt drauf an, aber erklär ich später. Jedenfalls, der Kurs war unterirdisch. Es hatte nichts von der Einfachheit meines Erlebnisses in Barcelona. Der Tanzlehrer war überzeugt von seinem System, das eine Variation des Grundschritts darstellte. Erst, wer den Grundschritt in allen Fazetten beherrsche, könne weitere Figuren verstehen und tanzen, war sein Credo. Ich habe mich furchtbar gelangweilt und auch geärgert, wenn er mal wieder die Stellung meiner Füße anmäkelte. Mal hatte ich X-, mal O-Beine. Doris, meine Partnerin, bekam sogar noch mehr ab. Ihre Schritte waren nicht exakt genug zum Parkett ausgerichtet. Es fehlte noch, dass er ein Geodreieck genommen hätte, um ihr den rechten Winkel beim Seitschritt einzubläuen. Nach der Hälfte haben wir den Kurs abgebrochen. Es hatte keinen Sinn mehr. Ich konnte den Grundschritt, auch gekreuzt, die Ochos und das Sandwich. Und ich konnte sie auch führen, denn immer wenn der Tangolehrer uns in Ruhe ließ, haben wir die Rollen getauscht und ich durfte die Schritte des Führenden lernen. Es gibt übrigens ein argentinisches Männerpaar, Claudio und Vito, die zusammen in Shows auftreten. Die musst du gesehen haben. Besonders ihre schnelle Milonga löst immer wieder Beifallsstürme aus.«

Barbara guckte um die Ecke: »Kommst du auch, Tina?«

»Nein, mein Partner ist abgereist.«

»Und der da?«, sie zeigte auf mich.

»Kann noch keinen Tango!«

»Ach so!«

Tina ließ sich nicht durch Barbaras Fragerei beirren und erzählte weiter: »Doris und ich haben dann auf offener Práctica weitergeübt. Es gibt bei uns in der Stadt ein paar Tango-Begeisterte, die regelmäßig in einen Gemeindesaal einladen. Vor der Milonga kann man eine Stunde lang üben und wenn man Hilfe braucht, fragt man. Dort haben wir unsere Kenntnisse vertieft. Als Vorlage dienten Videos im Internet oder von Doris selbst auf Milongas mitgeschnittene Filmchen. Diese haben wir uns zusammen angeguckt und versucht, sie nachzutanzen. Wenn es nicht klappte, das tat es eigentlich nie, dann haben wir andere Tänzer um Hilfe gebeten. Diese Try and Error Methode war mühsam, aber das, was du so gelernt hast, beherrscht du wenigstens, allerdings manchmal auch jahrelang fehlerhaft.«

»Und wann kam nun dein Tanzpartner ins Spiel – oder ist Doris gestern abgereist?«, hakte ich nach.

»Doris wurde befördert, weil sie nicht nur im Tango, sondern auch in der Firma ihre Führungsqualitäten bewiesen hatte. Leider wechselte sie in eine andere Stadt und so stand ich wieder ohne Partner da. Das war vor fünf Jahren. Ich ging weiter zu Milongas, meist im Gemeindesaal. Doch ohne Partner stand ich sehr oft und lange an der Tür, hoffte darauf, dass jemand mich aufforderte. Auch setzte ich mich in die erste Reihe, direkt an die Fläche und wartete. Es gab Abende, an denen ich für ein- oder zweimal aufgefordert wurde, es gab aber auch Abende, an denen ich ging, ohne getanzt zu haben. Kurz vor Weihnachten herrschte jedoch Männerüberschuss. Das kommt alle Jubeljahre mal vor. Alle, aber wirklich alle haben mich aufgefordert. An diesem Abend traf ich meinen jetzigen Tanzpartner, Matthias, zum ersten Mal. Drei Tandas forderte er mich auf, was ungewöhnlich ist, denn bei mehr als einer sind meist Hintergedanken im Spiel. Mir war es egal, ich war glücklich. Er muss es gespürt haben, denn er fragte spät am Abend, ob ich Lust hätte, mit ihm einen Workshop zu besuchen. Es käme ein gutes Tanzpaar. Als ich um kurz vor zwei nach Hause ging, konnte ich kaum noch laufen, so kaputt war ich. Zu Hause habe ich mir zuerst ein Fußbad gegönnt und dann bis um 11 Uhr am Morgen geschlafen.«

»Schön. Und?«

»Neugierig? Also, der Workshop fand in einen Tango-Club statt und wurde von einem Tango-Profi organisiert, der auch

Kurse anbot und Milongas veranstaltete. Matthias hatte dort ein paar Kurse belegt gehabt, bis er sich mit seiner Tanzpartnerin zerstritt. So stand er ohne Partnerin da. Ein älteres argentinisches Paar gab damals drei 90 Minuten Workshops, zwei in Tango und einen für Milonga. Wir haben zwei mitgemacht und ich konnte sehr viel lernen, weil das Tanzpaar Wert auf die Harmonie legte, was mir sehr entgegenkam. Ganz beiläufig streuten sie ein paar Schritte ein, die weder Matthias noch ich kannten. Matthias wollte danach mit mir zusammen einen Kurs in dieser Tangoschule besuchen. Ich äußerte meine Skepsis und erzählte von meinen Erfahrungen, für die er Verständnis hatte. Wir konzentrierten uns danach auf den Besuch von Práctica und Milongas und nahmen immer wieder mal an Workshops von argentinischen Lehrern teil.«

6

It Takes Two To Tango
Louis Armstrong

Sie koppelte ihr Smartphone mit dem Lautsprecher und startete eine Musik, die ich nicht kannte. »Geh einfach zur Musik. Es gibt kein Schlagzeug. Versuche, den Takt in den anderen Instrumenten zu hören.«

Ich lauschte und probierte ein einfaches Gehen, was mir furchtbar kompliziert vorkam. Irgendwann, es war schon das zweite Musikstück, passte mein Schritt endlich mit der Musik zusammen. »Du gehst wie auf brüchigem Eis. Um Tango tanzen und führen zu können, darfst du nicht den Fuß vorsetzen und dich herantasten. Wenn du das machst, so wie gerade eben, dann bleibt dein Oberkörper am Platz und deine Partnerin weiß nicht, was du tanzen möchtest und du haust ihr die Füße weg.«

»Okay!«, stammelte ich, »wie denn?«

»Stell dich gerade hin und nimm den Kopf hoch. Jetzt beuge den ganzen Körper nach vorne, bis du fast umfällst. Kurz bevor du kippst, setzt du deinen Fuß vor. Probier mal!«

Wir übten und übten. Für mich war es anfangs ein Debakel, nach über einer Stunde war ich fix und fertig. Es war sehr frustrierend und es erinnerte mich an die Gespräche mit meinem Chef, bei denen auch immer etwas anderes herausgekommen war, als ich versucht hatte vorzubringen. Am Ende der Übung schwitzte ich vor Anstrengung am ganzen Körper und war nach nur 90 Minuten völlig erschöpft, aber glücklich. Natürlich waren meine Vorgaben weder geschmeidig noch präzise, aber es entwickelte sich in die richtige Richtung und ganz nebenbei vergaß ich den Chef, die Angst vor der Fusion und den geplatzten Termin beim Kunden in Pitești.

Erschöpft ließ ich mich in einen der Gartenstühle fallen, die überall auf der Terrasse herumstanden.

»Heute Nachmittag kommt die Polizei und man möchte von mir eine Beschreibung des Unfalls, da sie nicht richtig verstanden haben, wie das wirklich passiert ist.«

»Hast du den Unfall eigentlich deiner Versicherung gemeldet?«

»Nein, wieso? Hab doch noch kein Unfallprotokoll.«

»Bist du kasko-versichert?«

»Tina, der Passat war 12 Jahre alt. Restwert vielleicht 1000 Euro. Versicherungen sind was für Pessimisten.«

»Ich weiß, ich arbeite in einer.«

»Okay, wusste ich nicht. Was soll denn die Versicherung mit meiner Meldung anfangen? Ich habe doch den Unfall gar nicht verursacht.«

»Das nicht. Aber du kannst nicht beweisen, dass ein Holzlaster die Ursache war. Und wenn jetzt der rumänische Staat gegen den Umweltsünder Felix klagt, dann sollte die Versicherung einspringen und nicht dein Privatvermögen – oder?«

»D´accord! Dann schreib ich den Text am besten gleich auf dem Rezeptionscomputer und sende ihn per Mail an die Versicherung.«

»Felix, lass uns zur Unfallstelle gehen und ich mache ein paar Fotos mit meinem Smartphone. Der Spaziergang wird uns nach der anstrengenden Übung guttun und heute Nachmittag machen wir mit dem Tango weiter.«

»Gute Idee!«

***

Ich ging mich waschen. Leider hatte ich kein frisches T-Shirt und fürchtete schon eine Erkältung. Als ich wenig später an der Rezeption auf Tina wartete, fragte Maria, was ich vorhätte. Ich erzählte es ihr. Darauf holte sie aus dem Hinterraum zwei Warnwesten, die sie mir mit bittenden Blicken reichte. Ich zog die Weste sofort über. So war ich nicht nur sicher, sondern die Weste hielt auch schön warm.

Tina hatte ihre Kleidung gewechselt, Turnschuhe angezogen und trug das Smartphone in ihrer Handtasche bei sich. Auch sie bedankte sich bei Maria für die Weste und so gingen wir weithin gut sichtbar die etwa zwei Kilometer bis zur Unglücksstelle. Immer, wenn ein Fahrzeug entgegenkam, mussten wir von der Straße, weil niemand trotz unserer Sichtbarkeit bereit war, die Straße freizugeben. An ganz engen Stellen hatten wir die Wahl: Abhang zur Linken oder Felswand zur Rechten. Anders ausgedrückt: Tod durch Absturz und Aufprall in acht bis zehn Meter Tiefe oder zermalmt werden an der Felswand.

Als wir die Unglücksstelle erreichten, kam bei mir die Erinnerung wieder hoch. Ich schaute auf mein ausgebranntes Auto, auf den angekokelten Baum und auf die Schleifspuren der Reifen, denn der Passat war ja zur Seite geschoben worden.

»Tina, mach bitte mal Fotos von den Reifenspuren. Das beweist doch eindeutig, dass das Auto zur Seite geschoben wurde.«

»Ja, stimmt. Ich glaube, die Polizisten haben gar nicht richtig geguckt. Schau hier, was ich gefunden habe!«

Tina zeigte auf ein Stück Holz. Es lag am Straßenrand, genau an der Stelle, wo sich die Reifenspuren befanden. Offensichtlich war durch die Berührung mit dem Autodach ein Stück von der Ladung abgeplatzt oder abgespalten worden. Auch hiervon machte Tina ein paar Fotos.

»Schade, dass man da nicht runter kann. Vielleicht liegt da noch was.«

»Das würdest du nicht glauben, wenn du das Feuer gesehen hättest.«

»So jetzt noch Fotos von der Felsspalte. Stell dich mal da rein und tue so, als ob du, na du weißt schon…«

Komisches Foto dachte ich, tat aber wie geheißen. »Tina und jetzt bitte noch ein paar Fotos von hier. Damit ich beweisen kann, dass ich kaum etwas vom Holzlaster sehen konnte.«

Wir warteten eine Weile auf den richtigen Moment. Klar, dass erstmal überhaupt kein Auto vorbeikam. Dann rauschte ein PKW heran. Tina machte Fotos. Als wir gerade gehen wollten, näherte sich endlich ein LKW. Tinas Fotos dokumentierten, dass dessen Heck nur ganz kurz zu erkennen gewesen war. Allerdings trug der Holzlaster sein Nummernschild auf Höhe der hinteren Achse und der folgten noch zirka fünf Meter Holzladung.

Maria lächelte, als wir zurück waren. Ich fragte sie, ob ich den PC nutzen dürfte, um die Vorlage für die Unfallaufnahme tippen zu können. Meine Handschrift sei etwas aus der Übung. Sie bejahte. Tina fand erst keine Möglichkeit, die Fotos auf den PC zu übertragen. Schließlich schickte sie die Bilder per Mail an das Hotel.

Mein Bericht war sehr präzise und ich fügte an den passenden Stellen Fotos ein, nicht ohne darauf hinzuweisen, dass die Fotos einen Tag später entstanden seien und dass ich den Bericht auf dem PC des Hotels geschrieben hätte, da meine komplette Ausrüstung zusammen mit dem Auto in Flammen aufgegangen sei. Ich wollte einfach vermeiden, dass jemand sagen würde, ich hätte ja noch ein Smartphone zum Fotografieren und einen Laptop zum Tippen gehabt. Vom Dokument erstellte ich einen Ausdruck und ein PDF. Dann suchte ich die Mailadresse meiner Versicherung via Internet heraus und schickte das PDF an den Posteingang derselben, nicht ohne im

Anschreiben auf einen möglichen Versicherungsfall wegen Umweltschäden hinzuweisen.

Tina spendierte mir eine heiße Suppe. Wir saßen abseits der Tango-Gruppe und ich hatte die ganze Zeit das Gefühl, alle Augen würden uns anstarren, denn sie hatten meine ersten Tangoschritte wohl doch mitbekommen.

»Mach dir nichts draus«, sagte Tina, »die sind nur erstaunt, dass ich mich mit so jemanden abgebe und auch, dass ich das kann. Ich meine unterrichten.«

Konnte sie Gedanken lesen?

»Felix, du machst das gut. Ich kenne Männer, die am Tango verzweifelt sind. Kopf, Schulter, Füße koordinieren, der Frau ein schönes Gefühl geben und nebenbei Emotionen der Musik entsprechend ausdrücken, überfordert manche. Wie war das in deiner Jugend mit dem Tanzen? Hast du einen Tanzkurs gemacht?«

Ich stutzte einen kurzen Moment, hatte mit ihrer Frage nicht gerechnet. »Nein, ich habe nie einen Schülertanzkurs besucht. Die meisten Mitschüler glaubten, sie würden bei einem Tanzkurs hübsche Mädchen kennenlernen und später hätten sie als gute Tänzer mehr Erfolg bei Frauen. Das mag sein. Doch damals war Discobeat angesagt. Man hottete allein auf bunten beleuchteten Glasfliesen zu ›The Locomotion‹, ›I Feel Love‹ oder ›Come On Eileen‹. Niemand tanzte eng.«

»Du hast also nie getanzt, nur herumgehottet?«

»Bis zu meiner Hochzeit beherrschte ich keine Standardtänze. Für die Hochzeitsfeier besuchten wir einen Crashkurs. Erst viel später haben wir einen richtigen Tanzkurs für Erwachsene gemacht.«

»Kommt mir bekannt vor. Ich habe als Schülerin auch keinen Tanzkurs besucht. Und, wie war das mit den Mädchen? Hatten die Tänzer mehr Glück bei ihnen?«

Ich stutzte. Diese Frage war sehr persönlich und ich überlegte, ob und was ich erzählen wollte. Schließlich entschloss ich mich, ihr die Geschichte meiner ersten großen Liebe zu erzählen. Ich war mit meinem Essen längst fertig. Tina genoss ihre Suppe genüsslich und langsam, so blieb mir Zeit zum Erzählen.

»Meine erste Liebe war eine Schwimmerin, die nicht tanzen konnte. Sie verbrachte ihre Zeit bei der DLRG. Wenn sie im Sommer am Badesee Aufsicht führte, war ich da, aber ich war nicht der Einzige. Während die meisten Jungs nur herumalberten und so versuchten, die Schöne zu gewinnen, liebte ich das Gespräch. Das Thema war egal, ich konnte von allem mitreden, nur nicht von Literatur. Denn Bücher waren für mich entweder Schul- oder Sachbücher, niemals Romane. Mit elf Jahren hatte ich mir ein Buch aus der Gemeindebibliothek ausgeliehen. Es handelte vom Bau eines Stausees im Westen Kanadas und von der Entwicklung der Stadt Vancouver. Die Darstellung der Umweltzerstörung zu Gunsten der Stromgewinnung, die primär der Aluminiumproduktion diente, wurde glorifiziert. Ich war ein Junge vom Lande und bestimmt in Bezug auf Kulturlandschaft kein Romantiker, denn dem Überleben als Landwirt musste sich vieles unterordnen. Tiere wurden geschlachtet, um sie zu essen. Das war ganz normal. Als ich ein Huhn schlachten sollte, zitterten meine Hände und ich schwor nie wieder Hühnerfleisch zu essen. Auch dass man die Urwälder Kanadas mit ihren Baumriesen den schnöden Mammon opferte, war mir zuwider. Ich habe danach keinen Roman mehr ausgeliehen. Auch keinen Liebesroman, denn die kamen nie zur Sache. Zur Sache kamen die Schmuddelblätter, die man in den Scheunen und Weideställen finden konnte, wo andere Jugendliche oder Erwachsene die Blätter versteckten, um sich heimlich einen runterzuholen.«

Tina lachte laut. Die anderen Gäste guckten erneut zu uns herüber. Mir war es egal, Hauptsache ich hielt sie bei Laune, so wie sie mich bei Laune hielt.

»Ist das typisch auf dem Lande?«

»Was meinst du?«

»Mangels Frauen holen sich die Jungs im Weidestall einen runter?«

»Jeden, den du fragen würdest, würde es lügend verneinen.« Ich erzählte weiter: »Die Schwimmerin liebte meine Gesellschaft. Themen gab es genug. Sie war Einzelkind, ich hatte ältere Geschwister. Wenn uns Themen ausgingen, lästerten wir über Lehrer und Mitschüler. Dabei redeten wir immer nur um den heißen Brei herum, denn es war uns längst klar, dass wir füreinander bestimmt waren und wir warteten nur auf die passende Gelegenheit. Eines schönen Sommertages schwammen wir durch den Baggersee zu einer abseits gelegenen Badestelle. Sie mit kräftigem Kraul, ich mit weiten Brustzügen. Dort im hohen Gras klebten unsere nassen Badeanzüge an den Körpern. Es dauerte nicht lange, bis die Sonne uns getrocknet hatte. Wir quatschten und küssten uns zum ersten Mal. Es war sehr schön und wir wollten mehr. Sie hatte noch nie, ich auch nicht. Ich fing an, ihren Rücken zu streicheln. Es gefiel ihr, doch bekam sie wohl ein schlechtes Gewissen oder sie hatte Angst oder es war ihr viel zu öffentlich, denn plötzlich sagte sie, sie könne an diesem Ort nicht länger mit mir herumliegen, da käme bestimmt jemand und würde uns beobachten. In der Tat kam ein Mitschüler langsam und leise schwimmend in Richtung unseres Verstecks. Wir sprangen ins Wasser. Noch nebeneinander schwimmend, sagte sie, dass ihre Eltern am Abend zum Geburtstag einer Tante eingeladen seien und sie allein zu Hause sei. Sechs Uhr, spätestens halb sieben müsste ich bei ihr sein, sonst würde es zu knapp. Natürlich war ich pünktlich um 18 Uhr da und klingelte. Und natürlich steckte in meiner Hosentasche ein Kondom. Sie war jedoch nicht allein. Die Familie hatte einen Hund, einen sehr großen Hund. Ich traute mich gar nicht ins Haus. Sie sagte nur, der macht nichts. Im Haus sprang er mich an. Er war fast so groß wie ich. Ich war damals 16 und weit über eins siebzig. Der Hund blieb im Flur, wir wählten ihr Zimmer. Es war aufgeräumt. Die Bettdecke hatte sie in den Schrank gesperrt, auf dem Bett lag ein Frotteehandtuch und auf dem kleinen Tischchen neben dem Bett stand eine Rolle Klopapier. Das alles hätte mir zu denken geben müssen. Doch ich glaubte an einen romantischen Abend mit Geknutsche und ein wenig Fummelei. Doch sie wollte aufs Ganze gehen. Zuerst zog sie ihr langes Sommerkleid über ihren Kopf, sagte dabei, ihr sei heiß. So stand sie mit weißen BH und Slip vor mir. Ohne lange zu fackeln, öffnete sie meinen Gürtel. Ich zog mein T-Shirt aus. Sie fummelte am Nietenknopf meiner Jeans.«

Während ich blumig meine Erlebnisse schilderte, starrte Tina mich mit einer Mischung aus Unglauben und Bewunderung an. Der Löffel mit der Suppe erreichte ihren staunenden Mund nicht. Ich musste zum Abschluss kommen, damit sie endlich aufessen konnte. »Beim Abstreifen der Jeans versuchte ich, meine doch recht großen Füße durch die Jeans zu kriegen. Doch ich verlor das Gleichgewicht und knallte zu Boden. Leider schlug mein Kopf gegen die Bettkante. Blut spritze durch die Gegend, aufs Bett und den Boden. Ich lag bewusstlos daneben – zumindest sagte sie das später. Als ich wieder zu mir kam, sah ich die Schweinerei. Der Bezug und die Matratze voller Blut, der Teppich auch. Sie hatte vom Klopapier ein langes Stück abgewickelt und bedeckte damit meine Wunde. Wir brauchten zwei Stunden, um alles einigermaßen sauber zu bekommen. Viel länger dauerte es, bis sie sich von dem Schrecken und den peinlichen Fragen ihrer Eltern erholte. Als ich sie vor Jahren beim Klassentreffen erneut darauf ansprach, sagte sie, sie könne immer noch kein Blut sehen.«

»Und weiter?«

»Was und weiter?«

»Wir waren bei den Tänzern mit Erfolg bei den Mädels und du erzählst mir gerade das Schicksal eines Nichttänzers beim ersten Stelldichein.«

»Möchtest du hören, ob ich damals als Nichttänzer doch noch Erfolg bei Mädchen hatte?«

»Ja, genau. Das möchte ich.«

»Okay. Meine Mitschüler hatten natürlich mitbekommen, dass ich was mit der Schwimmerin hatte. Und natürlich glaubten sie, wir hätten es gemacht. Einer nannte mich Frauenversteher. Das passte ganz gut, schließlich war ich gut im Zuhören. Das mochten die Mädels. Die Sache mit der Schwimmerin hinterließ nur eine Narbe am Kopf, die mich bis heute begleitet. Die Sache selbst hatte ich schnell überwunden und auch recht bald eine andere Mitschülerin im Visier. Beim ersten Treffen, ihre Eltern waren auf der Weihnachtsfeier, knutschten wir, während sie an mir rumfummelte, was mich viel zu schnell kommen ließ. Sie verspottete mich wegen des Malheurs. Dieser Spott saß tief und hinderte mich jahrelang daran, mit Mädchen intim zu werden. Wenn doch, war ich immer zu früh. Ich erntete dann ein ›macht nix‹ oder ›kommt bei allen vor‹ – als wenn sie mit allen schlafen würden -, doch meist sah ich sie nie wieder, zumindest nicht nackt. Daher konzentrierte ich mich noch mehr auf die Rolle des besten Freundes und musste bald Ratschläge geben, wie frau mit ihrem Lover am besten umgehen sollte. Kurzum: Ich hatte Erfolg bei den Mädchen, nur keinen Sex. Vielleicht hätte ich als Schüler doch einen Tanzkurs machen sollen. Hast du einen Tanzkurs gemacht, Tina?«

Tina blickte gerade zur Tango-Gruppe hinüber, hatte wohl ein paar Satzfetzen vom Nachbartisch mitbekommen und war auf meine Frage hin irritiert.

»Was hast du gefragt?«

Mir fiel ein, dass diese Frage schon früher beantwortet worden war und wischte sie weg: »Ach nicht so wichtig.«

»Komm, frag schon. Möchtest du wissen, wie ich zu meinem Job gekommen bin?«

»Gerne!«

»Ich hol uns jetzt noch einen Kaffee und dann erzähl ich es dir gerne. Wir haben Zeit.«

Mit der Kaffeetasse in der Hand setzten wir uns abseits an den Steg und blickten nebeneinandersitzend auf den breiten

Fluss, auf dem ein laut kreischender Außenmotor ein Boot flussaufwärts trieb.

»Ich bin in Offenbach geboren«, begann Tina, »Frankfurt liegt auf der anderen Mainseite und so wurde ich während meiner Jugend mit den Herausforderungen des Rhein/Main-Gebiets konfrontiert. Zu viel Verkehr, zu wenig Platz für Kinder und langweilige Wochenendausflüge in den Taunus und die Bergstraße. Meine Eltern waren begeisterte Wanderer und erklommen jedes Jahr die wichtigsten Gipfel der Umgebung. Ich musste immer mit. Als kleines Mädchen musste ich rennen um mit dem Schritt der Eltern mithalten zu können. Meine 50 cm gegen die 80 des Vaters und 75 der Mutter. Zum Glück kleidete man mich zeitgemäß. Ich hatte bereits Jeans an, als andere Kinder dieses Wort nicht mal buchstabieren konnten. Nur mit den Fahrrädern hatte ich Pech. Jedes Jahr wurde mir eins geklaut. Entweder ich hatte vergessen, es anzuketten, oder die Kette um einen Pfosten gelegt, so dass man das Rad nur hochzuheben brauchte.«

»Das kenne ich«, bestätigte ich und gab ihr damit die Möglichkeit am Kaffee zu nippen.

»Nach dem vierten Verlust, wie mein Vater es nannte, kaufte er mir kein neues mehr. Ich bin dann angefangen, Räder zu klauen. Stand irgendwo ein nicht abgeschlossenes Rad, so nahm ich es. Ein Nachbarsjunge konnte mit einer Feile umgehen und beseitigte die eingestanzte Identnummer. Dafür bekam er Süßigkeiten oder Pommes. Der permanente Streit meines Vaters mit den Versicherungen prägte sich bei mir besonders tief ein. Denn neben den Fahrraddiebstählen, die die Versicherung nach dem dritten Mal nicht mehr anerkennen wollte, hatte meine Mutter sehr oft Pech im Straßenverkehr und verursachte ein- bis zweimal im Jahr Blechschäden am eigenen Auto und oft auch an fremden. Mehrere Versicherungen kündigten ihr. Die Prämie stieg ins Unermessliche. Auch las ich als Teenager besonders gerne Detektivromane über Versicherungsbetrügereien. Ich wollte wissen, wie man Versicherungen austricksen kann. In mir reifte der Plan, diese Gesellschaften von innen kennenzulernen. Nach dem Abitur entschied ich mich für eine Lehre als Versicherungskauffrau. Doch der Job machte mir keinen Spaß und vom permanenten Belügen der Kunden hatte ich ein schlechtes Gewissen. Daher immatrikulierte ich mich für ein BWL-Studium, in der Hoffnung bei einem der vielen Unternehmen im Rhein/Main-Gebiet Fuß zu fassen, was mir auch gelang. Ach ja, du wolltest wissen, ob ich einen Schülertanzkurs besucht habe?«

Ich nickte.

»Als Jugendliche war ich überzeugte Nichttänzerin. Ich meine im Sinne von Paartanz mit Anfassen und so. Das war damals unter uns Jugendlichen absolut out. Niemand wollte einen Tanzkurs machen und einige der spießigen Tanzschulen sind auch Pleite gegangen. Wir tanzten zu Rockmusik und schüttelten unsere Glieder. Und: Ich habe mich beim Rock 'n roll versucht.«

»Singend oder tanzend?«

»Entgegen dem damaligen Musiktrend war unser Sportlehrer ein großer Elvis- und Rock 'n roll-Fan. Nachmittags trafen sich ein paar zum Üben. Als ich die Mädels das erste Mal sah, so richtig stilecht mit weitem Rock und Turnschuhen, war ich sofort begeistert und wollte auch mitmachen. Man zeigte mir den Grundschritt und ein paar einfache Figuren, wie das Tauchen, also zwischen den Beinen durch und dann zurückrutschen. Es hat Spaß gemacht. Doch bei der ersten Hebefigur ein paar Wochen später bin ich verunglückt und habe mir den Ellbogen gebrochen. Dann war erstmal Schluss mit lustig.«

»Na, das hört sich interessant an. War damit deine Tänzerinnenkarriere beendet?«

»Als Schülerin ja!« Sie blickte auf und verabschiedete sich: »Wir machen um drei weiter. Ich brauche jetzt eine Mütze Schlaf!« Der Kaffee wirkte bei ihr einschläfernd.

Sie war ehrlich, was ich ihr hoch anrechnete. Niemand in ihrem oder auch in meinem Alter konnte ungestraft die Nacht und den ganzen nächsten Tag durchmachen, ohne müde zu werden. Und gestern war es spät geworden. Ich wollte mich auch ein paar Minuten hinlegen, denn der Stress der letzten Tage zerrte an meiner Kondition. Eine Erkältung zog auf. Der Körper holte sich sein Recht zurück. Doch gegen das Loch, in das ich zu fallen drohte, kämpfte mein Adrenalinpegel munter an. In Bezug auf den Kunden in Pitești hatte ich die Hoffnung auf ein Wunder aufgegeben. Die Frist war verstrichen. Aus. Vorbei. Ich hatte keine Ahnung, wie ich zu Geld und Papieren kommen konnte, und dennoch hatte ich keine Angst. Im Gegenteil. Ich fühlte mich in Gegenwart von Maria und Tina wohl. Zwar war ich ein wenig ausgelaugt, doch ich hatte in den letzten Stunden alle Sorgen verdrängt und nur noch an Schulterführung und Tango gedacht. Es war, als hätte ein Scheibenwischer meine Sorgen von der Windschutzscheibe des Lebens gewischt.

7

Motivo Sentimental
Carlos Di Sarli & Alberto Podestá

Als ich gerade die Treppe hoch stapfte, rief Maria mir nach. Hinter ihr standen die beiden Polizisten. Diesmal baten sie mich, mitzukommen. Wahrscheinlich war ich ihnen am Vormittag zu frech gewesen. Ich sollte mich ins Auto setzen. Aber ich weigerte mich, wäre mir verhaftet vorgekommen. Um abzulenken, reichte ich meinen Bericht dem Älteren. Der konnte natürlich mit meinem Deutsch nichts anfangen und fing wieder mit einer Übersetzungs-App an. Klar wunderte er sich über die Fotos und fragte, wieso ich diese haben machen können, wo doch angeblich alle meine Sachen und auch mein Geld verbrannt seien. Ich erzählte den beiden, dass ich am Vormittag zusammen mit einer Hotelbewohnerin den Unfallort nochmals besichtigt hätte, sie Fotos gemacht und ich später an der Rezeption das Dokument erstellt hätte. Der Jüngere, der auch am Vortag die Fotos gemacht hatte, guckte kurz auf den Ausdruck und meinte nur, meine Fotos seien Fake. Die Reifenspuren gäbe es nicht. Als ich entgegnete, dass ich gerne seine Fotos sehen würde, bekam ich aber nur ein ›Nein‹ zur Antwort. Schon fingen sie wieder mit den angeblich zu zahlenden 500 Euro an. Das war das eigentliche Ziel ihres Besuchs. Auch war ich in dem Moment davon überzeugt, dass die Kindersicherung des Polizeiautos aktiviert war und sie mich auf der Rücksitzbank hätten versauern lassen, wenn ich eingestiegen wäre. Diesmal behielt ich die Nerven und entgegnete, dass ich am Montag per Anhalter nach Bukarest fahren, dort unter einer Brücke schlafen und am Dienstagmorgen in der deutschen Botschaft vorstellig werden würde. Wenn sie noch irgendwelche Fragen hätten, könnten sie sich an die Botschaft wenden. Die beiden glotzten mich an. Angriff ist die beste Verteidigung, dachte ich und forderte die Aufnahme einer Anzeige gegen den Fahrer des Holzlasters. Doch die beiden Polizisten winkten ab, stiegen in ihr Auto und fuhren davon.

Maria war froh, dass ich mich von den beiden nicht hatte erpressen lassen. Ich bat sie, die Mailadresse der nächsthöheren Polizeidienststelle ausfindig zu machen, denn ich wollte meine Anzeige dort aufgeben. Maria sagte, die beiden Polizisten seien ihres Wissens nicht in Eşelniţa stationiert, sondern gestern nur als Vertretung entsandt worden. Statt eine Mail zu schreiben, sei es einfacher, nach Ende ihrer Schicht dort vorbeizufahren und die Sache persönlich und mit ihr als Übersetzerin durchzuziehen. Ich stimmte zu und wusste wieder einmal nicht, wie ich mich bedanken konnte.

Das Ausruhen hatte sich mit dieser unschönen Unterbrechung erledigt und meine gute Laune sich in den letzten Minuten erneut verschlechtert. Tina war schon wieder fitt und erwartete mich auf der Terrasse. Sie hatte Musik angemacht und tanzte mit einem Besen, wobei mir auffiel, dass sie die Herrenschritte übte und der Besen die Geführte spielen musste. So etwas hatte ich noch nie gesehen und musste lächeln. »So kannst du nächste Woche allein üben«, meinte sie nur lakonisch zu mir. In diesem Moment wurde mir auf einmal klar, dass unsere Bekanntschaft nur kurz weilen würde. Ein wenig Wehmut stieg auf.

»Warum haben es alleinstehende Frauen beim Tango so schwer, dass sie mit einem Besen tanzen müssen?« Ich erwartete die Standardantwort: ›das ist eine lange Geschichte‹, doch

Tina widersprach mir vehement: »Der Besen oder zwei Stöcke sind ein Metier des Mannes, oder besser der führenden Person. Wir Frauen, besser die Geführten verlassen uns auf unser Gefühl. Wir tanzen, was wir fühlen. Die Anzahl der Schritte, die eine Frau beherrschen muss, ist gering. Es gibt auch Phasen im Tanz, an denen sie nichts zu tun hat, besser nichts fühlt. Dann bauen wir kleine Verzierungen ein. Wir machen es uns selbst, wenn du so willst. Alleinstehende haben es im Tango schwer, besonders Frauen, das hast du richtig erkannt. Ab einem bestimmten Alter entwickeln besonders alleinstehende Frauen ein Interesse am Tango, weil er als intellektuell höherstehend gilt und sie sich nicht unter den Pöbel einer Ü40-Party mischen möchten. Es ist wie überall auch im Tango so: Je jünger die alleinstehende Dame, desto mehr ist sie auf der Suche nach Mr. Right. Doch werden sie beim Tango zumeist von impotenten alten weißhaarigen Männern umschwänzelt, die zudem schlecht tanzen können und sind daher genauso schnell verschwunden, wie sie gekommen sind.«

Ich prustete los. Das saß! Fühlte ich mich getroffen?

»Um an Kursen teilzunehmen, haben alleinstehende Damen ein Problem, denn sie müssen erst einen Tanzpartner suchen, um teilnehmen zu können. Es gibt Veranstalter, die hier Vermittlungsarbeit leisten. Ich spreche aus eigenen Erfahrungen, denn ich nutzte eine Tanzpartnervermittlung im Internet. Häufig findet man auch Kleinanzeigen, wie ›alleinstehende Dame (49) sucht Partner für einen Tango-Workshop‹. Wenn sich eine besonders attraktive oder einflussreiche Dame mit einem Tango-Veranstalter in Verbindung setzt, sind einige wenige sehr hilfsbereit und unterstützen gerne bei der Partnersuche. So werden ehemalige Tänzer angefragt, ob sie vielleicht – ohne die Gebühr zahlen zu müssen - mittanzen würden. Es gibt auch Fälle, in denen Männer im Rentenalter, deren Frauen noch berufstätig sind, als Springer verpflichtet werden; alles nur in der Hoffnung, man könne als Veranstalter von der Dame profitieren, sei es durch ihre Attraktivität bei Auftritten oder auf

Milongas oder schlichtweg, weil man sich Lobbyarbeit in der Kulturszene der Stadt erhofft. Wenn also die Kulturdezernentin oder die Leiterin des Staatstheaters beim Tango-Veranstalter anruft, kann sie sicher sein, dass er einen passenden Herren als Partner finden wird.«

Tina war in Fahrt gekommen. Der Besen ruhte, ihre Hand fuhr durchs Haar. »Doch für Single-Normal-Frau ist der Weg zur Tanguera schwer, es sei denn, sie ist unter 35, trägt gerne Rot und verbringt ihre Freizeit mit Laufen, Schwimmen oder im Fitnessstudio. Wenn sie nun jemanden zur Teilnahme am Wochenend-Workshop oder Anfängerkurs überredet hat, was glaubst du, wie lange wird sie durchhalten?«

»Keine Ahnung!«

»Da sie in den Kursen die Schritte, nicht aber das Tanzen lernt, muss sie Milongas besuchen, und zwar allein und zudem in einem Outfit, dass sich sofort von den an der Tür wartenden Konkurrentinnen abhebt. Kennst du eine Frau, die gerne allein zum Tanzen geht?«

Ich schüttelte den Kopf. »Ich kenne keine Tänzerin.«

»Wir Frauen gehen ja sogar mit der Freundin aufs Klo! Und dann ist da noch der Faktor Mann. Fast alle glauben, man macht einen Kurs und danach kann man Tango tanzen. Doch dem ist nicht so, zumindest nicht für die Herren. Selbst nach zehn Jahren Tanzen ist man nicht perfekt. Die meisten Männer verzweifeln vorher. Die, die übrigbleiben, haben die Willenskraft eines Marathon-Läufers oder Ironman Triathleten.«

Nun hatte sie es mir aber gegeben. Ich war handzahm und versuchte, sie wieder zurückzuholen: »Und der Besen ist dein Ersatz, wenn deine Partnerin keine Zeit hat?«

»Ich habe überall geübt. Die Ochos sogar an der Bushaltestelle, die Moulinette mit einem Stuhl und natürlich auch mit zwei Stöcken oder mit dem Besen die Rolle der Führenden.«

»Wie ergeht es den Frauen, die zusammen mit ihrem Partner zum Tango gehen?«

»Das ist so: Kommt eine Frau mit Partner, dann gehen die meisten Tänzer davon aus, dass sie nur mit ihm tanzen wird. Will heißen, sie wird nicht von anderen aufgefordert. Oft tanzt der Herr gerne mit anderen Damen, am liebsten mit jungen, alleinstehenden Tänzerinnen. Daher sitzt die ältere Dame auch in diesem Fall in der ersten Reihe und wartet, dass sich einer der Tangogötter ihrer erbarmt und sei es der eigene Mann. Achte mal drauf. Die Damen an der Tür sitzen in Reih und Glied. Man nennt es auch Hühnerstange.«

Ich musste schmunzeln und murmelte: »Komischer Tanz!«

Tina schaute mich entschlossen an. »Und jetzt zu dir. Ich erklär dir jetzt die mathematische Seite des Tangos. Und wenn du es mit der Schulterführung von heute Morgen kombinierst, dann wirst du bald die wichtigsten Tangoschritte beherrschen.«

Ich stand schweigend neben Tina und beobachtete ihr Spiel mit dem Besen.

Danach musste ich zunächst die Schritte allein zur Musik abschreiten. Dann übten wir in Tanzhaltung. Das Üben im Paar zeigte mir schnell auf, dass ich diszipliniert mit meiner Schulter umzugehen hatte. Kleinste Verdrehungen führten zu völlig unerwarteten Reaktionen von Tina, die mich nicht schonte und nicht die Schritte tanzte, weil sie wusste, dass sie gemeint waren, sondern das tanzte, was sie spürte. Ich war ein wenig stolz auf mich. Doch Tina meinte nur, ich hätte die Schrittfolge wie ein Roboter abgespult, mehr nicht. Eine rein körperliche Leistung. Was fehlen würde, wäre der Geist, die Seele des Tangos. Natürlich wusste ich, dass jeder Tanzstil eine emotionale Ebene besitzt. Cha-Cha-Cha zum Beispiel ist ein fröhlicher Tanz, ein Vergnügen, ein Flirt. Rumba hingegen ist, wenn man es kann, die Vorstufe zum Sex, so sagt man. Und Tango? Tina fragte nur: »Woran denkst du, wenn du diese Musik hörst?« Ich achtete auf die Instrumentierung des aktuellen, sehr getragenen Tangos, den ihr Smartphone spielte und antwortete ihr, dass viel Traurigkeit und Herzschmerz im Tango liegen würde, also das Gefühl, welches einer Trennung oder Niederlage folgt. Nur hatte ich diesen Schmerz, diese Trauer nicht betanzt. Nein, ich hatte Schritte gesetzt – mehr nicht. Ich fragte Tina, was ich hätte anders machen sollen. Tina zeigte es mir. Ihre Arme umfassten dabei einen unsichtbaren Partner, ihre Schritte setzte sie präzise zum Takt und ihre Bewegung begleitete die Musik, als sei sie der Bogen einer Violinistin. Die Grazilität ihrer Ausführung war mehr als nur ihre Bewegung oder ihre Schritte. Es spornte mich an. Ich versuchte, mit einfachen Schritten die Musik zu betonen, verlangsamte meinen Schritt an den Stellen, an denen die Musik getragener klang, doch fehlte es mir an Eleganz und meine Schritte waren nicht mutig genug und wurden mit zu wenig Energie ausgeführt. Trotzdem lobte Tina mich und meinte, die meisten Männer seien froh, wenn sie den richtigen Fuß setzen würden, dächten nicht im Traum daran, die emotionale Ebene zu bespielen, und viele Tangos ließen das auch gar nicht zu. Es sei vielfach einfach nur Tanzmusik, gespielt, um zu unterhalten, teils rhythmisch, teils schwülstig, mal gesungen, mal instrumental und nur einige wenige Stücke zeigten Tiefe. Diese wären über die Jahrzehnte immer und immer wieder kopiert worden, genau wie im Jazz oder anderen Musikgenres. Und wenn man die emotionale Ebene betanzen möchte, dann natürlich abhängig von der Musik, also einen Arienzo sehr taktbetont, einen Pugliese eher theatralisch. Mir sagte das alles nichts – noch nicht.

Die ganze Lektion dauerte nur gut eine Stunde. Ich war völlig ausgelaugt, hätte eine Banane oder einen Apfel, also Fruchtzucker und viel Wasser gebraucht. Mein T-Shirt war erneut durchgeschwitzt und ich musste mich setzen. Nicht das Körperliche hatte mich geschafft, nein, mein Kopf war ausgelaugt. Wieder hatte der Scheibenwischer zugeschlagen, denn ich hatte mich eine Stunde lang voll auf den Tango konzentrieren müssen. Die blöden Polizisten, der Chef, Tessa, die Firma – alles war mir in dem Moment scheißegal.

Tina bemerkte meine Erschöpfung natürlich sofort. Wir gingen ein Glas Wasser trinken und ich verabschiedete mich bis zum Abend von Tina, denn wenn ich weiter mit nassem Hemd herumgerannt wäre, hätte ich die folgenden Tage im Bett verbringen können. So hängte ich meine Kleidung im Zimmer zum Trocknen an den Nagel (der in der Tür des Zimmers steckte) und legte mich ins Bett.

8

Un Tango Y Nada Mas
Carlos Di Sarli & Jorge Duran y Roberto Rufino

Gegen sechs Uhr am Abend klopfte es. Es war Maria. »Schichtende, wir können fahren.«

Ich zog mich in Windeseile an und wenig später waren wir unterwegs. Über die Donauuferstraße ging es Richtung Osten und dann weiter nach Eşelniţa, einem langgesteckten Ort mit mehreren parallelverlaufenden Straßen, an die sich kleine Häuser mit Vorgarten aufreihten, die an die Nachkriegssiedlerhäuschen bei uns erinnern. Die Strom- und Telefonversorgung erfolgt über Freiluftleitungen, die zu den Häusern abzweigen. Alle Bauten waren relativ neu; vermutlich ist das Städtchen im Zuge des Baus des Donaustaudamms als Ersatz für überflutete Dörfer neu angelegt worden. Geschäfte oder Industrie sah ich kaum. Während der Fahrt durch den Ort zeigte Maria auf ein Haus mit reichlich Eisengitterverzierungen vor den Fenstern. Auch der Zugang und die Zufahrt zum Hof war mit massivem, mannshohen Eisenstäben vor fremdem Zutritt geschützt. Auf dem Dach sah ich mehrere große Satellitenschüsseln. »Das gehört einer Roma-Familie«, begann sie, während sie am Haus vorbeifuhr. »Sie wohnen aber dort nie oder höchstens ein paar Wochen im Jahr. Keine Ahnung, wo in Europa sie ihr Geld verdienen. Wenn sie hier sind, steht immer ein großes Auto davor.

Ich kann Roma-Häuser sofort erkennen, alle haben diesen Stil, der gar nicht zur Gegend passt.«

Wenige Minuten später, hielt Maria vor der Polizeiwache in einer Seitenstraße. Drinnen erwartete uns ein freundlicher Herr. Dank der Konversation auf Rumänisch zwischen Maria und ihm, ging die Sache rasch. Er nahm meine Anzeige auf, bedauerte nochmals das Verhalten seiner Kollegen aus dem Nachbarort und dass ich nicht gleich zu ihm gekommen sei. Jetzt wäre der Holzlaster wohl über alle Berge. Meinen Bericht heftete er zur Anzeige. Maria prüfte, ob alles richtig vermerkt war, bevor ich unterschrieb.

Der Vorgang hatte gar nicht lange gedauert. Vielleicht nur eine dreiviertel Stunde. Dennoch war Maria in Eile, denn ihre Tochter wartete bei der Oma. Daher drückte sie mir die Warnweste in die Hand, beschrieb kurz den Weg und verabschiedete sich. Ich musste einige Kilometer durch den Ort bis zur Donau laufen, bevor ich mich als Anhalter versuchte. Motto: Schon mal für Dienstag üben. Das dritte Auto hielt, weil ich die Warnweste anhatte. Wieder am Hotel, brummte mein Magen.

Die Tango-Gruppe hatte ihr Abendessen bereits gemeinsam eingenommen. Tina hatte sich Sorgen gemacht, sogar am Dienstbotenzimmer geklopft. Beim Essen war sie still gewesen, hatte überlegt, wo ich wohl geblieben war und dabei das Essen vergessen. Als ich die Terrasse betrat, kam sie aus dem Gemeinschaftsraum gestürzt, als hätte sie auf mich gewartet. Ich erzählte ihr von meinem Besuch der Polizeistation und dem abenteuerlichen Rückweg. Wir setzen uns, bestellten Gulasch und ein Glas Rotwein für jeden, denn auch Tina hatte Hunger. Sie schlug vor, dass ich am Abend auch mittanzen solle. Ich könne immerhin schon den Grundschritt und auf der Tanzfläche mit anderen Paaren würde ich schnell lernen, Rücksicht zu nehmen und ganz nebenbei meine Scheu verlieren. Der Wein zum Essen lockerte Tinas Zunge. Nachdem sie ihre Erwartungen an meine tänzerischen Leistungen in den nächsten Stunden und Tagen formuliert hatte und ich dabei immer kleiner geworden war (ich rutschte den Stuhl runter, so dass ich fast waagerecht lag, eine Unsitte fast aller Programmierer), sagte Tina, sie hätte eine geniale Idee. »Als Alternative zum Tango könnten wir uns morgen eine Kletterausrüstung leihen und ich steige runter zu deinem Auto. Mal sehen, ob da noch etwas zu retten ist.«

»Tina! Wie viele Jahre warst du nicht mehr in der Steilwand?«

»Das war damals, als ich von zu Hause auszog, so um 1987 herum.«

Ich musste Tinas Euphorie ein wenig dämpfen. Was sie mir erzählte, war über 30 Jahre her. »Tina. Erstens wo willst du hier eine Kletterausrüstung hernehmen? Zweitens: Bist du noch fit? Drittens: Wenn du das Wrack untersuchen möchtest, dann heuere ein Boot an. Das kann uns dort absetzen.«

»Ja, das ginge. Aber ich will gar nicht bis zum Auto runter. Ich möchte zum verbrannten Baum.«

»Da ist nichts. Kein Laptop, keine Papiere, kein Geld!«

»Klar. Der Informatiker denkt als Erstes an seinen Laptop.«

Diesen Spruch wollte ich nicht unwidersprochen stehen lassen. »Wie wäre denn die Reihenfolge bei einer Tänzerin? Tanzschuhe, Handtasche, Handy?«

»Ha, ha, ha!«

Tina zog sich um. Das Grummeln in meinem Bauch hatte seine Ursache nicht beim Abendessen. Ich war nervös, denn ich kannte weder die Tango-Leute, noch hatte ich je auf einer Milonga getanzt. Tina erschien im hellen Satin-Top und schwarzem, unten diagonal geschnittenen knielangen Rock, ausreichend weit, um genügend Bewegungsfreiheit zu bieten. Sie trug geschlossene Tanzschuhe mit geschätzt 5 cm hohen Absätzen.

Ich hatte immer dasselbe an. Eine graue Jeans, ein hellblaues Hemd und trug immer noch Halbschuhe mit flacher Sohle über stinkenden Socken, die ich hätte dringend im Handwaschbecken auswaschen müssen.

Die Milonga war bereits im Gang, als wir in den Gemeinschaftsraum traten, doch nicht alle Paare tanzten. Obwohl Tina allen bekannt war, wurde sie von Anwesenden herzlich mit Umarmung und Küsschen begrüßt. In ihrem Schlepptau wurde ich den Anwesenden vorgestellt. Ich fühlte mich wie eine Beute, Motto: ›schaut her, wen ich aufgegabelt habe‹. Die Herren, zumeist mit T-Shirt oder kurzärmeligem Oberhemd und Jeans oder Stoffhose bekleidet, reichten mir die Hand, die Damen, im schicken Kleid oder Rock und Bluse, umarmten mich und drückten mir ein Küsschen auf die Wange, als seien wir seit Jahren Freunde. In schneller Folge begrüßte ich Andreas, Renate (Channel No 5) und Günter sowie Sabine (Lavendel) und Ralf. Carlos ignorierte mich und als ich auf seine Partnerin Barbara zuging, wendete diese sich ab und verließ den Raum in Richtung Toilette. »Am Tanzen sind gerade noch Alwine und Claas links, sowie Evi und Herbert da vorne.« Tina zeigte in Richtung der genannten Paare. »Und am DJ-Pult ist heute Stefanie. Sie macht das sehr gut. Gestern hat Carlos sich daran versucht, doch ich kenne von ihm nicht nur seine Musikauswahl, sondern auch die Reihenfolge, in der er sie spielt. Stefanies Partner Andreas kennst du ja schon.«

Ich nickte. Kennen war geprahlt.

An dieser Stelle muss ich mich am Beispiel der anwesenden Personen ein wenig über die typische Tangokleidung auslassen, wobei sich diese abhängig von der Jahreszeit und dem Ort unterscheiden mag. In meinem Fall waren die Anwesenden allesamt sommerlich gekleidet und es handelte sich bei der Veranstaltung um eine einfache Milonga und nicht um ein Festbankett.

Sabines Ringelshirt mit Rundausschnitt gefiel mir, da Petra früher auch eins gerne zu Jeans getragen hatte. Dazu hatte die immerzu Lächelnde einen dunklen kurzen Rock an, trug weiße Tanzschuhe und lockiges dunkelblondes Haar. Sie war etwas kleiner als Tina und geschätzt Mitte 50, was man ihr aber nicht ansah, da der Tango sie, wie viele andere Tangueras, jünger aussehen ließ. Ralf hatte ein kakifarbiges T-Shirt mit Aufdruck (irgendwas mit Tango auf Gran Canaria) zur dunklen Cargohose an. Seine Schuhe sahen aus wie Turnschuhe, hatten aber eine Ledersohle. Etwa gleichalt mit seiner Partnerin hatte der über 1,90 große Hüne seine schon graue lange Mähne zum Pferdeschwanz nach hinten gebunden. Obwohl unter den weiten Klamotten kaum zu erkennen, würde ich seinen Körper als marathonmäßig durchtrainiert bezeichnen. Ralfs blaue Augen erinnerten mich an Terence Hill. Auch den stechenden Blick des Filmstars hatte er sich angeeignet. Ohne seine Partnerin wäre er auf einer Milonga höchstens 10 Sekunden allein, so selbstbewusst war seine Ausstrahlung. Dem Klischee einer Tanguera entsprach am ehesten Barbara. Sie trug ein enganliegendes rotes Kleid, das sich nahtlos an ihren durchtrainierten Körper anschmiedete. Die offenen Tanzschuhe mit 8 cm Absatz zeigten exakt den gleichen Rotton, wie auch der verwendete Lippenstift. Aus ihrem Gesichtsausdruck konnte ich zu keinem Zeitpunkt Emotionen ableiten. Wenn sie überhaupt je eine Miene verzog, dann aus Schadenfreude. Doch dazu später mehr. Auffällig bei Barbara war ihre piepsige Stimme, manchmal so hoch, dass meine Ohren Schwierigkeiten hatten, ihr Gesäusel zu interpretieren. Barbaras schulterlangen Haaren hatte Chemie ihre Ursprungsfarbe genommen. Sie erstrahlten in hellem Blond. Überhaupt stellt sich im nachherein die Frage, warum Tangueras ihre schönen dunklen Haare ins Blonde umwandeln lassen, wo das Original in Argentinien eher zartbitterbraun trägt. Dass Carlos vom Klischee des Tangueros, dem an ehesten Ralf entsprach, stark abwich, habe ich bereits erwähnt.

Alwine, die mit Claas tanzte, trug ein Kleid mit Printmuster im Leoparden-Look. Ihre schwarzen Schuhe waren relativ flach, was auch gut war, denn sie überragte ihren Partner um einige Zentimeter. Außerdem vermied ihre Schuhwahl Schmerzen, die sich mit zunehmendem Alter bei allen Trägerinnen von hochhackigen Tanzschuhen nach einer durchtanzten Nacht unweigerlich einstellen. Claas trug schwarze Glanzschuhe zur Stoffhose und dazu ein mitternachtsblaues Oberhemd, dessen Ärmel er aufgekrempelt hatte. Beide hatten das Rentenalter bereits erreicht (zumindest schloss ich das aus ihrer voll grauen Haarpracht). Ihrem Tanz sah man das Alter nicht an. Sie waren flott auf den Beinen, denn die Musik hatte inzwischen einen schnelleren Takt angenommen. Alwine lächelte, während des Tanzes mit geschlossen Augen, was ein schönes Bild ergab. Auch Evi und Herbert gehörten zur Frührentner-Generation. Beide waren sehr konservativ gekleidet. Sie komplett in Schwarz, das trotzdem ihre natürlichen Rundungen und die Üppigkeit ihres Busens kaum kaschierte. Die Alterung ihre Haare hatte sie nicht aufgehalten und trug silbergrau mit Stolz. Wenn ich hätte ihren Beruf erraten sollen, hätte ich auf Lehrerin getippt. Ihre besserwisserische Art und die durchdringende Stimme deuteten darauf hin. Ihr Gesichtsausdruck sprang auf Knopfdruck auf Unmut um, sei es, wenn sie sich über die Führung des Partners oder über andere Personen im Raum aufregte, wie es nur Lehrkräfte (meiner Meinung nach) können. Herbert hielt sich vermutlich nur Minuten beim Friseur auf, denn sein 5 Millimeterschnitt war mit der Maschine schnell gemacht. Sein weißes Hemd zur schwarzen Anzughose wirkte eher tangountypisch. In der Größe überragte er seine Ehefrau um Kopfhöhe. Im Verlauf des Abends zeigte sich, dass Evi die Hosen anhatte, denn sie dirigierte ihn nach Belieben. Er war es offensichtlich gewohnt und ertrug es.

Stefanie hatte einen Kopfhörer auf und dirigierte mit geschlossenen Augen ein nicht vorhandenes Orchester. Ihr Tanzpartner Andreas forderte Tina auf. Andreas hatte etwa meine Größe, trug Tanzschuhe aus Wildleder, dazu eine Stoffhose und ein graues T-Shirt. Sein dunkelbrauner Fassonschnitt und sein symmetrisches Gesicht machten ihn zu Schwiegermutters Liebling. Ich schaute Tina und ihm zu und sah zum ersten Mal, wie elegant und geschmeidig Tango getanzt werden kann, wenn man es kann. Barbara war von der Toilette zurück und inzwischen, ohne mich eines Blickes zu würdigen, zusammen mit ihrem Partner Carlos am Tanzen. Trotz seines Volumens war er flink unterwegs, seine Schritte genauso präzise, wie die von Andreas.

Ich wollte Stefanie begrüßen. Auf dem Weg zur DJ-Ecke hielten mich Evi und Herbert auf. Evis Umarmung ließ mich einen Hauch von Jasminduft, zersetzt mit Knoblauch spüren (Knoblauch ist in Rumänien fester Bestandteil der Nahrung. Man denke nur an Dracula). Herbert hatte einen sehr kräftigen Händedruck, fest wie ein Schraubstock und fast so stark, wie der meines Onkels, der inzwischen verstorben ist. Wir wechselten ein paar Worte, ohne die Tanzfläche frei zu machen. Schon hörte ich Carlos rufen: »Könnt ihr nicht draußen quatschen? Man hört ja die Musik kaum noch und im Wege steht ihr auch!«

Wir machten die Fläche frei und unterhielten uns am Rand im gemäßigten Ton weiter. »Was ist dem denn über die Leber gelaufen?«, fragte ich.

»Der kann es nicht leiden, wenn fremde Leute auf ›seiner‹ Milonga auftauchen. Hat wohl Angst, dass jemand besser ist, als er.«

»Da muss er bei mir keine Angst haben«, betonte ich und erzählte den beiden, dass ich erst am selben Tag ein paar Grundlagen gelernt hätte.

»Das ist es ja gerade. Du hast sie nicht von ihm gelernt und damit hast du nach seiner Haltung gar nichts gelernt. Auch nicht, wenn du mehr als 10 Jahre Tangoerfahrung hättest!«

Erneut schaute Carlos böse zu uns rüber.

»Wir sehen uns später«, sagte Evi und drängte ihren Mann zur seitlich aufgestellten Stuhlreihe.

Unter den Anwesenden war Stefanie das Küken, ich schätzte ihr Alter auf 45. Andreas war in etwa in meinem Alter und irgendwie konnte ich mir die beiden nicht so recht als Paar vorstellen. Stefanie hatte ihre Kopfhörer abgenommen und ihr Blick taxierte mich. Mit ihrem weißen Kurzhaarschnitt zu einem knielangen Kleid mit rot/blauem Grafikmuster auf hellem Grund sah sie schnieke aus. Auffällig auch die einfarbig grauen langen Ärmel des Kleids und ihre sportlichen Schuhe mit flacher Sohle, auf die mein Blick ein wenig zu lange verharrte.

Auch sie begrüßte mich mit einer Umarmung. Ihr Parfüm hatte etwas fruchtig Süßes und blieb nach der Berührung unserer Wangen lange auf meiner Haut haften. Ich nannte meinen Vor- und Nachnamen und entschuldigte mich für mein Anstarren ihres ungewöhnlichen Schuhwerks. »Wenn ich Musik auflege«, sie musste lachen und korrigierte, »man legt ja gar nicht mehr auf, sag es nur noch. Genauso wenig reite ich auf Scheiben. Also, wenn ich Musik spielen lasse, dann ziehe ich Trainer an. Die sind bequem und leicht. Falls mich wider Erwarten doch jemand auffordert, wechsele ich die Schuhe, falls er sehr viel größer ist, so wie du, oder ich tanze mit diesen hier, was eigentlich viel besser geht, aber nicht so schick aussieht. In diesem Rahmen hier, ist es wurscht.« Ein ganz leichter Dialekt war nicht zu überhören, doch in welcher Ecke des Landes sie aufgewachsen war, konnte ich nicht heraushören. »Duzen sich beim Tango immer alle?«

»Ich kenne es nicht anders. Stell dir vor, du kommst einem Menschen sehr nahe. Manchmal ist frau einem Fremden näher als ihrem Mann. Wie fühlte es sich an, wenn frau ihn nach einer wundervollen Parkettrunde siezen würde? Er fühlte sich herabgesetzt. Als Ausgleich kennt man die Nachnamen fast nie. Jetzt hier auch nicht. Keine Ahnung, mit wem zusammen ich reise. Ist ja auch egal. Wenn mir einer seine Telefonnummer gibt, trage ich sie mit Nachnamen Tango und den Ort an, an den ich ihn traf. So gibt es in meinem Telefonbuch einen José Tango Las Palmas, mit dem ich mal auf Gran Canaria tanzte.«

Ich nickte und überlegte, wie ich die Konversation aufrecht erhalten konnte. Doch sie kam mir zuvor. »Bist du hier gestrandet?«

»Erkennst du das an meinen Klamotten oder stinke ich, weil ungeduscht?«

»Man munkelt, du seist mit dem Auto verunglückt und hättest Ärger mit der Polizei.«

Ich stimmte ihr zu und erzählte die Ultrakurzfassung meines Abenteuers. Schließlich hatte ich für Ellen bereits die 20-Sekunden-Fassung geübt. Stefanies Reaktion war wie erwartet eine Mischung aus Mitleid, Bedauern und Ungläubigkeit. Ich wollte gar kein Mitleid mehr und änderte das Thema. »Wie bist du an den DJ Job gekommen? Ich nahm immer an, es sei etwas für tanzfaule Männer.«

Stefanie musste lachen. »Da ist was dran. Denn meist gibt es zu wenig Tänzer. Nun, ich mach das, weil bei uns im Verein die Musikgestaltung so grottig schlecht war. Ich tanze seit 15 Jahren, nicht nur Tango. Damals kamen Musikplayer auf dem PC auf und alle Tango-Leute fingen an, ihre Platten und CDs auf den Computer zu übertragen. Meist bildete man dann verschiedene Playlisten und dachte, damit sei der Job erledigt. Das Ergebnis war Langeweile, da die Playliste nicht auf die Stimmung im Saal abgestimmt war. Du kannst nicht einfach Pugliese spielen, wenn die Leute Lust auf Biagi haben. Ein guter DJ spürt das und legt die Scheiben auf, die den Nerv des Abends treffen. Ich habe mir damals überlegt, wie man es besser machen kann und zur Stimmung passende Tandas zusammengestellt. Das sind drei oder vier gleichartige Musikstücke, also vier Tangos, drei Vals oder drei Milongas. Nach einer Tanda spielt man etwas anderes, Jazz zum Beispiel, als Signal für die Tänzer, den Partner zu wechseln. Ich verwende dieses Prinzip aber nur, wenn die Fläche proppevoll ist. Bei den paar Leuten heute lohnt es sich nicht. Und Partnerwechsel ist in dieser Reisegruppe bestehend aus meist verheirateten Paaren auch nicht gerade Usus.«

»Seid ihr alle in einem Verein und ist Carlos der Vorsitzende?«

»Nein, Carlos hat eine Tangoschule, nebenberuflich, wobei - ich glaube, er arbeitet nicht mehr. Andreas und ich kommen aus dem Odenwald und sind dort in einem kleinen Tanzsportclub. Und jetzt würde ich gerne mit dir tanzen. Du hast doch heute geübt, sagt man.«

Ich glotzte Stefanie erschrocken an. »Willst du dir das wirklich antun? Ich habe noch nie auf einer Milonga getanzt.«

»Dann wird es aber Zeit! Gleich spiele ich einen langsamen Di Sarli, ideal für Anfänger.«

In der Tat wechselte die Musik. Ein sehr melodischer Tango setzte ein, dessen Taktschläge trotz des fehlenden Schlagzeugs bestens erkennbar waren. Schon stand Stefanie vor mir. Sie war deutlich kleiner als ich und obwohl ich sie vorgewarnt hatte, nahm sie eine sehr enge Haltung ein. Gerne hätte ich nach unten auf meine Füße geschaut, konnte es aber nicht. »Fang doch einfach mit Grundschritt oder dem Gehen in zwei Spuren an«, forderte sie mich auf.

Wie gelernt, setzte ich zuerst den Seitschritt links, von Tina immer als zwei bezeichnet. Danach führte ich sie rück, wobei ich Tinas Maßgaben zu berücksichtigen versuchte. Es klappte ganz gut. Nach zwei Grundschritten, variierte ich und führte meine Partnerin in eine Linkskurve. Alles lief gut. Stefanie lächelte zufrieden, was mich stolz machte. Bis zum Ende des schönen Tangos variierte ich die erst am Nachmittag gelernten Schritte und versuchte mit, statt gegen die Musik zu tanzen. Es machte Spaß. Nie hätte ich gedacht, mit einer fremden Frau eng tanzen zu können – einfach so, ohne vorher einen Kurs zu besuchen. Dann war die Musik auch schon vorbei. Bevor ein neuer Tango einsetzte, klatschte Tina Stefanie ab und die beiden tauschten.

»Du gehst ja ran!«, sagte Tina, nachdem Carlos Di Sarli einen neuen Tango auf seinem Bandoneon angestimmt und wir mit einem einfachen Grundschritt begonnen hatten. »Gleich mit einer unbekannten Tanguera. Das nenn ich mutig.«

»Ich mach nur, was du gesagt hast: Üben!«

»Bei Stefanie musst du aufpassen.«

»Wieso?«

»Sie mag unerfahrene Tänzer, verführt sie gerne auf der Tanzfläche und auch danach.«

»Ha ha, schöner Witz. Sind Stefanie und Andreas nicht verheiratet?«

»Weiß nicht. Aber sie ist ja noch jung.«

»Und sieht gut aus. Nur tanzt du besser. Und beim Tango zählt Erfahrung«, tröstete ich.

Stefanies Anmachspruch machte mich übermütig. Ich tanzte nicht mehr für mich allein, nein auch nicht nur für Tina, sondern wollte der Frau hinterm DJ-Pult gefallen. Ich achtete auf die Betonung der Musik, fügte Pausen an den richtigen Stellen ein, Stellen, die ich in der Musik als Pausen empfand, Stellen an denen ich bis vor ein paar Stunden weitergetanzt hätte. Tina gefiel mein selbstsicheres Auftreten und strahlte bis über beide Ohren. Sie hatte in zwei Lektionen einen Tänzer geformt – glaubte sie. Unser Treiben blieb nicht unbeobachtet. Stefanie beobachtete mich, ja sie schaute auf meine Füße, so als suche sie Fehler in meinen Schritten. Carlos hatte Barbara fest im Arm und musste allen Anwesenden zeigen, wer Meister und wer nur blutiger Anfänger im Saal war. Ich ignorierte ihn. Zuerst. Dann leider nicht mehr. Carlos tanzte mehrere schnelle Fußwechsel hintereinander. Ich dachte, sieht ja einfach aus und versuchte es auch. Doch mein Übermut wurde prompt bestraft. Ich verhaspelte mich und stieß bei einem Rückschritt gegen den Fuß von Barbara. Carlos stoppte augenblicklich und brüllte mich an: »Junger Mann!« (Ich hasse es im Alter von über 50 mit ›junger Mann‹ angeredet zu werden. Opa möchte ich aber auch nicht genannt werden.) »Verschwinden Sie von der Tanzfläche.

Wer nicht tanzen kann, und das können Sie wirklich nicht, hat auf einer Milonga nichts zu suchen. Buchen sie bei mir einen Anfängerkurs und nach zwei Jahren harten Trainings dürfen Sie vielleicht auf eine meiner Milongas. Und jetzt RAUS!«

Das saß. Stefanie, die mein Malheur mitbekommen hatte, guckte böse zu Carlos rüber. Tina blieb auf der Fläche stehen, dort wo ich gestoppt worden war und sah mir enttäuscht nach, als ich den Raum verließ. Sie rief mir hinterher: »Bleib doch!« Die anderen Paare, die den Vorfall mitbekommen hatten, glotzten abwechselnd Carlos, Tina und mich an. Die Paare, die selbst am Tanzen gewesen waren und es nicht beobachtet hatten, erkundigten sich bei den Anderen.

Ich konnte Carlos nicht ausstehen. Wahrscheinlich hieß er bürgerlich Karl Meier und nannte sich großkotzig Carlos Grande! Als ich zur Tür heraus war, folgte Tina mir kopfschüttelnd. Carlos raunte ihr hinterher: »Tina, du rennst ihm hinterher, wie eine läufige Katze. Bleib hier, wir sind deine Gesellschaft!«

Tina ließ sich nicht beirren, antwortete gerade so laut, dass ich, Carlos es aber nicht hören konnte: »Arschloch!«.

Draußen entschuldigte sie sich, was unnötig war, schließlich hatte ich gepatzt. »Felix, das passiert jedem einmal. Lass jetzt nicht den Kopf hängen. Du lernst schnell und wirst ein guter Tänzer.«

Ich drehte mich um und umarmte sie. »Tina. Danke dir. Danke für alles. Bis morgen zum Frühstück.«

9

You're Making A Mistake
The Platters

Der lange Fußweg zur Unfallstelle und von der Polizeistation zum Hotel, sowie das mir bis dato unbekannte Tanzen, hatten mich schläfrig gemacht. Doch auf dem Bett liegend grübelte ich darüber nach, wann ich schon mal rausgeschmissen worden war.

Zu Hause auf dem Dorf besuchte ich gerne die Dorf-Discos. Dort hockte man in der Ecke, glotze die tanzenden Mädels an und trank viel zu teures Bier. Immer, wenn jemand zu tief ins Glas geguckt hatte, schmiss man ihn raus. Mich erwischte es dort nie. Jedoch gab es in der Nähe ein Gasthaus mit Saalbetrieb. Jeden Samstag trafen sich die jungen Leute zum Paartanz mit Livemusik. Es kostete Eintritt und niemand aus der Nachbarschaft ging dort hin; denn wir kamen erst um 11 Uhr abends nach Ende des Tanzbandverkaufs. Das Bier war billig. Beliebt war auch die Sektbar unter der Bühne. Ob jetzt eine oder zwei Mark pro Glas fällig wurden, weiß ich nicht mehr. Jedenfalls habe ich an einem Abend drei Sektgläser stibitzt, also in meine Hose gesteckt. Es sah aus, wie im Film ›her mit den jungen Engländerinnen‹, einem Uraltfilm aus dem Jahr 1975, der mal zu meiner Studienzeit im Unikino lief. Irgendjemand von meinen Bekannten hat gepetzt. Der Wirt kam, forderte seine Gläser zurück und erteilte mir Hausverbot. Bedröppelt zog ich ab. Doch es war nicht schlimm, vier Wochen später war die Sache vergessen und ich ließ wieder ein paar Gläser mitgehen.

Der zweite Rausschmiss traf mich härter, denn meine Ehe war in einer tiefen Krise. Petra und ich wollten ein Kind. Nur es klappte nicht – partout nicht. Die biologische Uhr tickte. Irgendwann hatte meine Frau sich damit abgefunden und suchte ein Hobby für uns beide; denn sie hasste nichts mehr, als meine langen Rennradtouren, die ich mit einem Arbeitskollegen am Wochenende gerne unternahm. Ihre Wahl fiel aufs Tanzen – Standard und Latein – in einer Tanzschule. Für uns Anfänger im Erwachsenenalter wurde ein Kurs am Sonntagabend angeboten. Zeitlich eigentlich ideal. In der ersten Stunde übten wir einen Foxtrott, jedoch nicht die Quickstep-Variante, sondern eine vereinfachte für Anfänger. Ich nannte es ein Quadrat abtrampeln. Ferner lehrte man uns den Grundschritt des langsamen Walzers und des Cha-Cha-Cha. Ich machte tapfer mit, meiner Frau zuliebe, obwohl es mir wenig Spaß machte. Den Kurs zogen wir durch. Unsere Ehe rüttelte sich zurecht. Nach dem Abschlussball, ja, den gab es wirklich, wollte meine Frau im nächsten Kurs weitertanzen. Samba und Tango reizten sie. Auch dieser Kurs fand am Sonntag zur selben Zeit statt. Ich lernte das Hüpfen über niedrige Kartons, wie beim Samba und den europäischen Standard-Tango – lang, lang, schnell, schnell, lang. Ein Tanz, zu dem ich keinen Zugang fand. Wieder gab es einen Abschlussball, diesmal ein Grillabend im Sommer. Außerhalb der Tanzschule nutzten wir unsere Kenntnisse eigentlich nicht. Denn in der Stadt gab es kaum Veranstaltungen, auf denen Tanzmusik gespielt wurde. Im Herbst drängelte meine Frau. Sie wollte im Bronzekurs weitermachen. Erst dort würde man die richtige Rumba und den Quickstep lernen. Leider wurde der Bronzekurs nur donnerstags um 18:30 Uhr angeboten. Meine Frau hatte mit dem Termin keine Probleme. Ich ahnte Böses, bei den vielen Dienstreisen, die ich zu tätigen hatte. Drei Wochen gelang es mir, den Termin freizuhalten. Der Ehe tat es gut. Dann musste ich einen Donnerstag aussetzen. Mein Chef hatte mir eine Reise reingedrückt, die sich nicht schieben ließ. Meine Frau wusste Bescheid, sie blieb zu Hause. In der nächsten Woche wollten wir das Versäumte nachholen. Der nächste Donnerstag kam. Ich stand im Stau. Als wir in der Tanzschule ankamen, war die Stunde fast rum. Unser Tanzlehrer, der Besitzer der Schule, war ein Haudegen und mit allen Wassern gewaschen. Während der Grundkurse hatten wir eine verständnisvoll, junge Tanzlehrerin gehabt, die stets und sehr bemüht war, allen Paaren zu helfen. Auf keinen Fall durfte ein Paar in Streit geraten. Sie wusste, dass dies manchmal zum Ende der Ehe, zumindest aber zur Beendigung des Hobbys Tanzen führte. Als wir bei unserem Donnerstagskurs verspätet in der Tür standen, schnauzte der Tanzlehrer uns wütend an. Für uns sei Schluss. Wir seien zu spät und hätten auch in der letzten Woche gefehlt. Wir müssten abbrechen und den Kurs – bei erneuter Bezahlung – wiederholen. Meine Frau gab mir die Schuld. Alternative Kurse gab es nicht, beziehungsweise erst im folgenden Jahr. Jeden Donnerstag verschlechterte sich die Stimmung. Einen Monat später teilte meine Frau mir mit, dass sie einen Discofoxkurs besuchen werde – am Donnerstagabend mit einem Arbeitskollegen. Gegen Ende des Kurses kam sie erst am Morgen nach Hause.

Im Zimmer wusch ich zunächst meine Socken im Handwaschbecken und legte sie auf die Heizung, die natürlich kalt war. Eine Dusche gab es im Zimmer nicht. Zwar hatte ich eine Außendusche in der Nähe des Bootshauses entdeckt, doch spät in der Nacht war es mir dort zu kalt. Daher funktionierte ich ein Handtuch zum Waschlappen um und schruppte Schweiß, Scham und Wut von meiner Haut. Doch so sehr ich mich auch bemühte, Carlos Schmähung haftete fest. Später im Bett liegend, dachte ich über die Konsequenzen des heutigen Raus-

schmisses nach, kam zu keinem Ergebnis und schlief schließlich ein.

10

Verdemar
Carlos Di Sarli & Jose Maria Contursi

Am nächsten Morgen, war Maria nicht an ihrem Platz. Stattdessen hatte ein älterer Herr an der Rezeption Dienst. Ich fragte ihn, wo Maria sei. Er antwortete, sie hätte ihren freien Tag. Es war Samstag. Die Donau ein grünes Meer.

Erst kurz vor neun kam Tina zum Frühstück. Sie war frisch geduscht, ihre Haare noch feucht und ungeföhnt. Wieder trug sie Jeans und Pullover. So unverfälscht wurde sie mir immer sympathischer. Ich war schon satt und nippte an meiner dritten Tasse Kaffee. Nachdem Tina sich mit Müsli und Orangensaft eingedeckt hatte, erfuhr ich die Neuigkeiten des Tages: Ihr Tanzpartner hätte angerufen. Sein Auftrag sei erfüllt, wohl aber nicht erfolgreich, er würde sofort von Bukarest zurückfliegen und daher nicht an den restlichen Kursen teilnehmen.

Ich sprach Tina mein Bedauern aus, obwohl ich das Fernbleiben ihres Partners nicht wirklich bedauerte.

Der Workshop am Vormittag sei für Mittelstufe gedacht, sagte sie, und da könne ich mithalten und was lernen zudem. Ich äußerte Bedenken: »Du glaubst doch nicht, dass Carlos mich nach dem Drama gestern wird mittanzen lassen?«

»Natürlich wird er das. Ich habe bezahlt und mein jetzt doch nicht kommender Tanzpartner hat auch vorab überwiesen. Wenn er uns nicht lässt, will ich mein Geld zurück. Ich geh mal kurz und mach das klar!«

Sie stand so schnell und heftig auf, dass der Stuhl umkippte. Es schepperte und alle drehten sich zu ihr um. Tina lief rot an. Es war ihr peinlich. Doch sie berappelte sich schnell, ging schnurstracks zu Carlos und sprach mit ihm so laut, dass selbst ich es hören konnte, obwohl ich mehrere Meter entfernt saß. Carlos ließ sich nicht beirren. Er sagte nein. Sie könne zugucken, ich dürfe den Raum nicht betreten, waren seine Regeln. Tinas Augen funkelten wie Fixsterne vor Wut.

An der Rezeption stapelten sich in einem Regal Bücher, die Gäste zurückgelassen hatten. Ich stöberte und entdeckte schon bald ein Buch über die Geschichte Rumäniens. Es war auf Deutsch und in Deutschland erschienen, die Autorin jedoch war Rumänin, hatte das Land aber noch vor der Revolution verlassen müssen. Mit dem Buch setzte ich mich, eingehüllt in eine Decke, auf die Terrasse, und zwar gerade so, dass ich in den Gemeinschaftsraum gucken konnte. Noch war niemand dort und ich begann zu lesen. Die Autorin berichtete von den Fluchtversuchen während der Ceauşescu-Zeit. ›Fliehen, nur Fliehen – egal, was passiert‹. Viele versuchten es ganz in der Nähe des schönen Ortes, an dem ich mich in der Vormittagssonne aalte. Doch nicht nur am Tag, sondern auch abends und nachts mit Scheinwerferlicht patrouillierten Ceauşescus Grenzer mit ihren schnellen Schiffen. Und weil Gewehrschüsse zu laut waren, an den hohen Felsen reflektiert, kilometerweit zu hören gewesen wären, sparten sie sogar die Munition zum Töten ihrer Landsleute und nutzten stattdessen die Schiffsschrauben, die Autorin nannte es ›goldene Kamme‹, um die Fliehenden zu zerstückeln. Mir kam beim Lesen dieser Textstelle das Frühstück hoch. Hatte Maria es Erschießen oder Umbringen genannt, als sie vom Fluchtversuch ihres Vaters berichtete? Ich schaute auf die Donau, versuchte, mir die Szene vorzustellen. In der Tat hörte ich das typische Geräusch eines

Außenbordmotors und sah am Rand der Fahrrinne ein kleines Boot sehr schnell über das Wasser rauschen. Ein auf dem Wasser schwimmender Plastikkanister wurde zum Fliehenden und vor meinem geistigen Auge raste das Boot auf ihn zu. Es muss gar nicht so einfach gewesen sein, einen Schwimmenden mit der Schiffsschraube zu treffen. Damals müssen sich ganz in der Nähe des Hotels bestialische Jagdszenen abgespielt haben. So schnell ich konnte, rannte ich auf die Toilette. Ich musste den üblen Nachgeschmack mit viel Wasser herunterspülen.

Als ich mit hochroten Kopf von der Toilette zurückkam, wurde das inzwischen eingetroffene argentinische Tanzpaar gerade von den Tango-Leuten mit Küsschen und Umarmung empfangen. Er war geschätzt ein Meter siebzig groß. Sie wog höchstens 45 Kilo, war dürr wie eine Bohnenstange, und da sie Trainingsschuhe trug, war sie einen halben Kopf kleiner als er. Mit ihren hohen Pumps, die sie sicher am Abend auf der Milonga tragen würde, passten sie optimal zusammen. Ihr leichtfüßiges Tippeln verriet sofort, dass sie seit ihrem fünften Lebensjahr Ballettunterricht erhalten hatte. Von meinem Platz auf der Terrasse konnte ich beobachten, wie der Maestro zum Aufwärmen einen Tango abspielen ließ und alle Paare aufforderte, sich warm zu tanzen. Dabei beobachtete er die Fähigkeiten der Tänzer. Dies machte auf Außenstehende den Eindruck, als würde er die Qualität seines Unterrichts dem Niveau der Tänzer anpassen. Wie ich später herausfand, war dem nicht so. Er spulte überall sein einstudiertes Programm ab und es war ihm im Grunde scheißegal, was bei den Teilnehmern hängenblieb. Hauptsache die Knete stimmte.

Nach ein paar Willkommensworten zeigte er eine recht komplexe Folge von Schritten, die dank der körperlichen Gegebenheiten des Profipaares spielerisch leicht aussah. Ich sah das Entsetzen in den Augen der Männer. Niemand traute sich, die Schritte nachzutanzen. Der Lehrer begann die Folge zu zerlegen und startete mit der schwierigsten Stelle, etwas, was ich noch nie gesehen hatte. Es handelte sich um eine Drehung, bei der der freie Fuß hinter den Drehfuß gehakt wird, so dass es aussieht, als würde ein Fuß die Drehung des anderen antreiben. Selbst Carlos stolperte, als er den Schritt ohne Partnerin versuchte. Danach übten sie im Paar, aber immer noch ohne Musik. Die Argentinierin sprach zu den Damen und erklärte die Schritte im Detail. In meiner Naivität hatte ich gedacht, dass alles über die Schulter- und Körperbewegung des Führenden vermittelt werden würde. Das schien hier nicht der Fall zu sein. So wussten die Damen, was zu tanzen war, und beschwerten sich bei den Herren, wenn sie es nicht schafften, oder tanzten aus Frust einfach etwas anderes. Aus der Gruppe gelang es schließlich nur Stefanie und Andreas, die Drehung halbwegs passabel hinzubekommen. Ich wollte den Schritt auch nachtanzen. Deshalb übte ich trocken auf der Terrasse. Natürlich bekam ich die Drehung nicht hin. Außerdem fehlte mir eine Partnerin. So ganz alleine war es schwer, das Gleichgewicht zu halten.

Dann passierte etwas, womit niemand gerechnet hatte. Der Maestro startete einen Tango. Doch die Musik plärrte nur schrill aus dem winzigen Lautsprecher des Smartphones. Die Bluetooth-Kopplung mit der Verstärkeranlage war unterbrochen. Alle folgenden Versuche vom Maestro und Carlos scheiterten. Minuten verstrichen. Einige Männer übten trocken weiter, andere maulten herum und wieder andere forderten ihr Geld zurück, wohl auch, weil sie mit der Figur rettungslos überfordert waren und bereits der Workshop am Vortag ausgefallen war.

Plötzlich stand Tina mit frisch gewellten Haaren und ihrem lieblichen Rosenduft vor mir und grinste mich an. Ich wusste sofort, dass sie etwas ausgefressen hatte. Sie sagte zu mir: »Felix, komm hol den Lautsprecher aus dem Bootshaus und spiel dich beim Tanzlehrer als Retter auf. Dann muss er uns mittanzen lassen!«

»Tina, du hast doch wohl nicht den Verstärker manipuliert?«

»Antenne abmontiert. Steck ich nachher wieder drauf. Will bloß tanzen dürfen!«

Ich musste über Tinas genialen Einfallsreichtum grinsen und rannte ins Bootshaus, holte die Box und schleppte sie unter den staunend glotzenden Augen der Anwesenden in den Gemeinschaftsraum. Dort stöpselte ich sie an eine Steckdose, ging zum Maestro, der mich verwundert angaffte, und bot ihm den neuen Lautsprecher als Ersatz für das angeblich kaputte Ding an. Nachdem wenig später Tango aus der Box tönte, bedankte sich das argentinische Tanzpaar bei mir. Er hieß Ricardo. Sie Flavia. Ich ließ es mir nicht nehmen, ihr zwei Wangenküsschen zu spendieren, was Tina zu einem Schmunzeln bewegte. Auch Carlos kam angekrochen. »Danke. Darfst mittanzen!« Es waren nach dem Rausschmiss seine ersten Worte an mich und er musste Kreide gefressen haben, so ungewohnt war sein Tonfall. Immerhin hatte er drei freundliche Worte über seine Lippen gebracht; mehr als ich nach dem Vorfall am Vortag erwartet hatte. Ich wollte mich bedanken, doch Tina ergriff meine Hand und zog mich in eine Ecke des Raums. »Bevor er es sich anders überlegt«, kommentierte sie.

Als das Musikstück vorbei war – kaum ein Paar hatte mit der Figur Erfolg gehabt – zeigten Flavia und Ricardo, die Folge und deren kritischen Passagen erneut. Tina und ich konzentrierten uns im Anschluss auf den ersten Teil und probierten es mehrmals. Doch ich war rettungslos überfordert. Ricardo kam zu uns. Meine Geste war international: Hände in Schulterhöhe abwinkeln, will heißen: Ich kann es nicht!

Der Maestro schmunzelte und meinte, die Schritte seien für einen Anfänger viel zu schwer, doch er würde mir eine vereinfachte Figur zeigen. Noch vor Ende der Stunde beherrschte ich sie. Flavia lobte meine Tapferkeit. Meinem angeknackten Selbstbewusstsein tat das gut. Nur hatte diese einfache Folge nichts von der Komplexität des Originals, genau wie ich nicht die Figur und das jugendliche Alter von Ricardo und Tina nicht die Balletterfahrung der Argentinierin hatte. Natürlich hatte der

Maestro mir diese Chance nur gegeben, weil ich sein Honorar gerettet hatte. Später meinte er zu mir, ich müsse dringend Ochos und Moulinette üben. Dazu böte er gerne gegen Bezahlung Einzelunterricht an. Ich hatte keine Ahnung, wovon er sprach. Ochos waren für mich Achten und Moulinette eine Küchenmaschine. Gegen Ende des Workshops bezirpste Tina den Maestro so lange, bis er mit ihr die Folge einmal vortanzte. So hatte sie die Chance zu zeigen, dass sie zu den besten Tänzerinnen der Gruppe gehörte. Nach ein paar abschließenden Worten des Paars holten alle Teilnehmer ihr Smartphone und das Paar tanzte nochmals die komplette Folge vor.

Für die meisten Männer endete der Mittelstufen-Workshop mit Frust. Einige wandten sich gleich der Theke zu und bestellten Bier. Für die Argentinier war es leicht verdientes Geld, zumal sich später herausstellte, dass Carlos auch die Reisekosten des Paares von Belgrad und weiter nach Budapest zu zahlen hatte.

Flavia und Ricardo waren für vier Workshops und ein Vortanzen am Abend gebucht worden. Den Walzerkurs am Vortag hatten sie abgesagt. Neben dem Workshop am Samstagvormittag war einer für den Samstag- und ein weiterer für Sonntagnachmittag vorgesehen. Tina hatte sich in den Kopf gesetzt mit mir alle Workshops zu absolvieren. Schließlich habe sie bezahlt. Darüber hinaus bot das junge Lehrerpaar Einzelunterricht an. Zeit dafür gab es am frühen Samstagabend und am Sonntagvormittag. Die katastrophale Leistung, die die Männer am Vormittag hingelegt hatten, motivierte kaum jemanden Einzelstunden zu buchen. Für mich wären sie ideal gewesen, so dachte ich zumindest, jedoch hatte ich kein Geld und musste daher verzichten.

11

Maldicion
Mercedes Simone

Nach dem Mittagessen, Tina spendierte mir das Tagesgericht, war noch Zeit bis zum nächsten Workshop. Ich hatte nichts vor, wie auch? Daher bat ich Tina, mir komplexere Schritte beizubringen; Ochos und Moulinette hätte der Tanzlehrer empfohlen. Sie willigte ein, meinte jedoch, normalerweise würden Männer dafür mehrere Monate brauchen und manche würden es nie lernen. Unser Platz auf der Terrasse war frei und binnen 90 Minuten lernte ich den Fußwechsel bei Schritt zwei, danach die einfachste Version der Ochos und das Führen eines Linkskreises. Mein Part der Moulinette beschränkte sich dabei auf eine Schulterdrehung. Ich kann nicht behaupten, dass ich stolz auf meine Fortschritte war. Tina jedoch ging in ihrer neuen Rolle als Lehrerin auf. »Was ist denn jetzt so schlimm an Tangokursen?«, wollte ich von Tina wissen, als sie erneut über Carlos wetterte.

Als wenn sie darauf gewartet hätte, legte Tina los und ein Redeschwall prasselte auf mich ein: »In jeder größeren Stadt wird Tangounterricht angeboten. Nahezu alle Tangoschulen unterrichten nach dem gleichen Prinzip, wie die Tanzschulen für Standard und Latein. Man beginnt mit einem Anfängerkurs. Aber, es gibt Veranstalter wie Carlos, die den vorherigen Besuch eines Wochenend-Workshops zur Pflicht machen. Das hat für sie den praktischen Vorteil, dass Interessierte in den laufenden Kurs integriert werden können; denn einen neuen Anfängerkurs zusammenzustellen ist beim Tango aufgrund der geringen Zahl an Teilnehmern faktisch nicht möglich. Wer bei so einem Lehrer Tango lernen möchte, ist also schon 100 Euro los, bevor man im Anfängerkurs starten darf.«

»Gut zu wissen«, maulte ich dazwischen.

»Der Anfängerkurs heißt Anfängerkurs, weil darauf ein Fortgeschrittenenkurs folgt. So ist das in den Tanzschulen für Standard/Latein. Dann folgt Bronze/Silber, Gold und Goldstar, jeweils mit Prüfung, die man bestehen muss, um in die nächste Stufe aufgenommen zu werden. Wenn man alle Kurse durchgetanzt hat, darf man im Tanzkreis mitmachen. Die meisten brechen aber nach dem Grundkurs ab. Wer von denen kann ein paar Jahre später noch Walzer, Foxtrott, Cha-Cha-Cha oder Rumba?«

Ich antwortete, obwohl sie eine rhetorische Frage gestellt hatte: »Niemand!«

»Genau. Und wie häufig hat man Gelegenheit dazu, es zu tanzen? In den Clubs wird herumgehottet, auf Hochzeiten tanzt man einen Wiener Walzer und danach höchstens Discofox. Für die eigene Hochzeit gibt es spezielle Hochzeitskurse. Den meisten Tango-Veranstaltern ist übrigens die Abfolge Workshop, Anfänger, Mittelstufe und Fortgeschrittene nicht rentabel genug. Daher gliedert man in Anfänger 1, Anfänger 2 und Mittelstufe 1, Mittelstufe 2 und Fortgeschrittene ab 4 Jahre Erfahrung, Fortgeschrittene ab 6 Jahre und so weiter. Letzteres gilt übrigens nicht für 6 Jahre Tanzerfahrung allgemein, sondern 6 Jahre bei einem Lehrer derselben Tangoschule!«

»Okay, verstanden.«

»Die Kurse sind genau durchgeplant. In der zweiten Stunde ist dies und jenes vorgesehen. Danach kommt das und das. Wer nicht mithalten kann, wird zurückgestuft. Wer sich langweilt, womöglich die Folge schon beherrscht, wird zurechtgestaucht. Irgendwas findet der Tangogott immer anzumäkeln. Ich habe mal erlebt, dass einer Dame mit 10 Jahren Tangoerfahrung vorgeworfen wurde, sie könne die Moulinette nicht. Apropos Folgen: Jeder Tangolehrer behauptet, er würde keine Folgen unterrichten, sondern Technik und Führung. Komischerweise zeigt Tangogott im Unterricht immer Folgen und wenn man den entscheidenden neuen Schritt außerhalb seiner Folge tanzt, ist es falsch. Meist, weil er selbst es nur im Kontext der Folge kann. Dass man aber alle Schritte bausteinmäßig neu zusammenstellen kann, weiß jeder, der schon ein paar Jahre beim Tango dabei ist. Doch unterrichtet wird dies häufig nicht, denn es würde ja den Kursplan durcheinanderbringen und dann müsste der Herr Lehrer sich ja in jeder Stunde neu auf die Schüler einstellen. Auweia, wie furchtbar. Die wären ja womöglich viel weiter als bezahlt und abgerechnet.«

Beim Auweia schüttelte Tina ihre rechte Hand, als hätte eine Krähe sie gezwickt.

»Oftmals teilt das Lehrerpaar, sofern zu zweit unterrichtet wird, die Schüler in zwei Gruppen, also Männlein und Weiblein, Fortschrittliche sagen: die führenden und die geführten Personen. Dann übt jede Gruppe für sich die Schrittabfolge. Natürlich ist diese, allein getanzt, ganz einfach und die Geführten wissen hinterher auch, was sie zu tanzen haben. Wenn man dann paarweise die Folge nachtanzt, geht meist alles schief, weil Führen und Geführtwerden etwas anderes ist, als Wege auf dem Parkett abzuschreiten. Ich habe mal einen Tanzlehrer erlebt, der hat die Damen nach draußen geschickt. Zehn Minuten Pause oder übt zu zweit die Moulinette. In der Zwischenzeit hat er den Herren erklärt, was sie zu tanzen haben. Dann kamen die Damen wieder dazu und wussten nichts. Wenn man Tangueros scheitern sehen will, ist das die richtige Methode. Aber, nur so lernt man es. Ich traf einen Herren, der offen zugab, er könne eine ganz bestimmte Figur nicht führen. Vorsagen käme nicht gut an, also habe er mit seiner Partnerin Signale verabredet: Einmal Drücken ist dies, zweimal schnell ist das und Morsecode SOS ist Stopp. Und schon klappte es – mit der eigenen Partnerin. Auf einer Milonga mit fremder Dame? Katastrophe!«

Tina hatte sich in Rage geredet und holte tief Luft.

»Besser ist folgendes Vorgehen: Der Führende tanzt nicht sofort die gewünschte Folge, sondern etwas ganz anderes oder etwas Ähnliches, was, die auf die vorgeschriebenen Schritte fixierte Dame völlig irritiert. Und zufällig zwischendurch wird dann die neue Sache eingebaut. Wenn es dann klappt, kann er sicher sein, dass er es beherrscht. Auch lehrreich ist es, den Schritt spiegelverkehrt zu wiederholen. Also Sacada im Linkskreis, wenn der Lehrer Sacada im Rechtskreis gezeigt hat. Wirkt Wunder.«

»Geht das denn und bei allen Figuren?«, fragte ich interessiert. Für mich war es reine Mathematik.

»Es geht, aber nicht bei allen Figuren, denn die Tanzhaltung lässt nicht alle zu, da sie unsymmetrisch ist. Mittlerweile haben auch die ADTV-Tanzschulen, also die, die Standard und Latein unterrichten, den argentinischen Tango als Nische entdeckt und bieten für ihre Kundschaft Tango Argentino Kurse an. Allerdings werden diese Kurse von denselben Tanzlehrern unterrichtet, die dazu die gleiche Didaktik anwenden. Kurzum: Tango Argentino als Abfolge von Schritten mit Ansage durch den Lehrer. Stell dir vor, diese Leute würden auch noch eine Milonga veranstalten? Man würde Tango, Vals und Milonga ansagen. Grässlich! Für die oben genannten Tanzschullehrer ist Tango nur ein Zusatzgeschäft. Man erkennt sie übrigens daran, dass sie auf ihren Milongas nie selbst tanzen und auf keiner öffentlichen Milonga zu finden sind. Sie leben ja vom Tanzen. Da macht man in der Freizeit etwas anderes. Tennis oder Golf oder Hundeschlittenrennen.«

Tina war richtig in Fahrt. Sie atmete tief ein und schimpfte ohne Unterlass weiter: »Dann gibt es Hobby-Tangolehrer, die in der Volkshochschule oder im evangelischen Gemeindezentrum Tango-Unterricht anbieten. Es ist ein Hobby für sie, weil man mit Tango allein seinen Lebensunterhalt nicht verdienen

kann. Oftmals werden Wochenend-Workshops, selten regelmä-
ßige Kurse angeboten, weil man dafür keine Räumlichkeiten
findet. Diese Leute sind enthusiastische Tangueros und unterrichten mit Herzblut. Leider verteidigen sie ihren Stil wie eine
Religion. Sie machen zum Beispiel aus dem Milonguero-Stil
eine Gotteslehre, während Bühnentango verpönt ist.«

»Bühnentango? Was ist das?«, erdreistete ich zu fragen.

»Was der Name sagt. Muss erst die Aufzählung fertig
machen. Schließlich gibt einige wenige Profis, also Tangoschulen, die in eigenen Räumlichkeiten an mehreren Tagen die
Woche Tango auf verschiedenen Niveaus unterrichten und
regelmäßig einmal oder mehrfach die Woche eine Milonga veranstalten. Zusätzlich lockt man die Gäste beispielsweise mit
einem Buffet am Freitag oder einer Verlosung am Samstag.
Mehrfach im Jahr sind Tango-Musiker zu Gast und wenn der
Organisator gut vernetzt ist, werden alle Veranstaltungen in der
örtlichen Presse angekündigt. Der Internetauftritt ist dafür
manchmal dürftig, aber die üblichen Organe, wie die Zeitschrift
Tangodanza oder die diversen Tango-Kalender im Internet
werden regelmäßig bespielt. Drei- bis viermal im Jahr kommen
Gastlehrer. In den Ankündigungen steht dann immer x und y
aus Buenos Aires. Alle argentinischen Tango-Leute kommen
aus Buenos Aires – klar, dort sind sie in den Flieger gestiegen.
Meist sind die Gastlehrer sehr jung. Sie gerade Mitte zwanzig,
ihre Figur Typ Hungerhaken und nach drei Schritten kommt
ihr Ballettunterricht durch. Die Herren können ein paar Bro-
cken Englisch, haben ein Repertoire an Schritten aus dem
Internet oder von Milongas in Buenos Aires, Madrid oder New
York und verkaufen diese für viel Geld. Wichtig ist, dass viele,
sehr viele Paare teilnehmen. Meist ist der Raum so voll, dass
man sich gar nicht bewegen kann. Der Unterricht läuft dann,
wie folgt ab: Das Paar, in legerer Kleidung, lässt warmtanzen.
Dann erklärt er, wie toll seine Partnerin aussieht, und macht
Späßchen. Dann tanzen sie etwas vor, was auf den ersten Blick
sehr kompliziert aussieht. Diese Folge wird dann zerlegt und

systematisch aufbauend gezeigt, und zwar in der Mitte des Saals, nicht getrennt nach Rollen oder Geschlechter. Dann sagt er: ›Nachmachen‹. Alle stehen dumm rum und kriegen nichts gebacken. Das Paar zeigt es nochmal, stellt Musik an, die meist gar nicht zum Charakter der Schritte passt, die sie aber gerade gut finden und dann gehen sie getrennt herum, picken sich Paare nach Sympathie heraus – wer schreit am lautesten? - und weisen sie auf Fehler hin, Details, sie zuvor nicht gezeigt oder genannt hatten. Wenn Mann Glück hat, darf Schüler mit der Prinzessin üben, dito Schülerin mit ihm. Die Hälfte der Teilnehmer wird nichts hinbekommen, hat nur bezahlt. Die andere Hälfte kann einmal genau das nachtanzen, was gleich zu Beginn gezeigt wurde, um es sofort danach zu vergessen. Zehn Minuten vor Ende der Stunde holen alle ihre Kameras heraus und das Paar zeigt noch einmal das, was unterrichtet wurde. Dann ein Gruppenfoto. Wichtig ist, dass der Veranstalter neben dem argentinischen Paar zu sehen ist und alle glücklich lächeln. Danach ist das Geld im Sack und Maestro trinkt Matetee. Keinen Tag später ist das Gruppenfoto im Internet und wird als Erstes von der Konkurrenz, die nicht dabei war, angeguckt und abgelästert.«

»Tina, hast du ne Wut auf diese Typen. Aber der Veranstalter hat doch auch Ausgaben!«

»Natürlich muss man den Veranstaltern zu Gute halten, dass sie jede Menge Kosten haben. Miete, GEMA, Hilfskräfte für die Theke, Strom, Wasser, Toilettenpapier. Um diese Kosten dauerhaft niedrig zu halten, befinden sich die ›Tango-Studios‹ meist am Stadtrand, in alten Industriebrachen. Ich war mal an einem Ort, dort war der Schuppen direkt neben einem Bordell. Der Veranstalter nannte es ›back to the roots‹, obwohl es nur ein Gerücht ist, der Tango habe seinen Ursprung in den Bordellen Buenos Aires. Ach ja, die Kosten: Der Wein stammt typischerweise aus dem Supermarkt, Typ Sonderangebot. Getrunken und verdient wird jedoch am Wasser, das aus hygienischen Gründen nur flaschenweise für fünf oder mehr Euros verkauft wird und 50 Cent gekostet hat. Wenn man Glück hat, bekommt man Glasflaschen serviert, wobei da ja nur 0,75 Liter drin sind. Okay, die angesagten Clubs machen es auch nicht anders und eins gibt es bei Tango-Veranstaltungen nicht: Drogen und Sex auf dem Klo. Wer hier erscheint, der kann nicht mehr oder hat ein Zuhause, wo ungestört gevögelt werden kann.«

»Gibt es nicht den Typ ›Don Juan‹, der bei jeder Milonga versucht eine Frau abzuschleppen?«

»Natürlich! Das Problem ist bloß, junge Tänzer gibt es wenige, junge Tänzerinnen noch weniger. Alle alten geilen Männer wollen so ein junges Ding. Musst mal drauf achten, wie sie sich aufdringlich anschleimen. Ältere Damen, wie ich, warten schon mal geduldig neben dem Eingang darauf, dass sich einer erbarmt. Zum Tanzen, wie gesagt. Du musst schon auf dem Parkett die Aufmerksamkeit aller auf dich ziehen, damit du aufgefordert wirst. Was das Abschleppen angeht. Ich beobachtete auf einer Milonga, wie eine Frau in Rot, die nicht aus unserer Stadt war, gegen Ende der Milonga von zwei Männern umschwänzelt wurde. Es gab quasi ein Duell. Beide haben mit ihr getanzt und ihr bestes gegeben. Sie hat ihre Wahl getroffen und ist mit einem von beiden gegangen. Die lagen hinterher bestimmt zusammen in der Koje. Auch habe ich einen kennengelernt, der alle Singles im Alter bis 45 durchgetestet hat. Die Gänse waren aber auch so blöd, dass sie auf diesen Pfau reingefallen sind.«

»Wenn das so schrecklich ist, warum buchen dann die Leute überhaupt einen Tangokurs?«

»Diese Art von regelmäßigem Tangounterricht ist für Paare im gesetzten Alter ideal. Die Kinder sind aus dem Haus, der Beruf ist Routine und der Sex lockt nicht mehr wie früher. Dank Tango hat man einen Regeltermin im Kalender, kann sich auf schöne Events freuen und frau darf neue Kleidung und vor allem auch schöne Schuhe kaufen. Zwar gibt es auch Männer, die sich in einen Gockel verwandeln und mehrfarbige

Lackschuhe zum Anzug tragen. Ein Milonguero, also single Mann, der von Milonga zu Milonga tingelt, kommt meist in Cargohosen und trägt Zopf. Die Abstufung der Kurse ermöglicht den Paaren eine jahre-, ja jahrzehntelange Beschäftigung, die zudem fitt hält. Tangueros sind nicht dick und Tangueras sehen mit 70 aus wie 55. Haben teilweise eine Figur, die junge Mütter beneiden.«

»Wirklich?«

»Für die Veranstalter sind Paare garantierte Einnahmen, die man nicht missen möchte. Daher werden Paare, insbesondere Ehepaare von den Veranstaltern umworben. Einzug des Kursbeitrags oder besser Monatsbeiträge sind Pflicht. Dies hat auch den Vorteil, dass ausgefallene Stunden trotzdem fakturiert werden. Also zusammengefasst: In Tangokursen werden Schritte verkauft, nicht das Tanzen. Es heißt zwar immer, bei uns können sie tanzen, das stimmt aber nicht, denn Tanzen kann man auf Milongas. Im Kurs schreitet man das ab, was der Lehrer vorgibt. Und es ist wie beim Arzt: Ist die Operation notwendig, weil der Patient kaputt ist, oder ist sie notwendig, weil sie Geld in die Kassen spült?«

»Sag Tina, kommt es vor, dass ein Paar sich beim Tango kennenlernt und dann heiratet?«

»Ja, das habe ich schon erlebt. Die beiden sind immer noch zusammen und machen einen harmonischen Eindruck – zumindest nach außen.«

Wir übten Ochos und den Linkskreis, soweit es ohne Musikplayer möglich war. Leider blieb uns nicht viel Zeit, bis der Workshop begann.

12

Road to Nowhere
Talking Heads

Ricardo hatte gerade zum Warmtanzen aufgefordert und die meisten Männer kamen dieser Aufforderung nur widerwillig nach. Zu tief steckte der Frust über die Enrosque in ihnen. Tina hatte mir in der Pause erzählt, dass die schwierige Figur des ersten Workshops Enrosque, also Schraube genannt werde und viele Männer dabei große Schwierigkeiten mit dem Gleichgewicht hätten.

Nach dem Warmtanzen zeigte das Tanzlehrerpaar die Folge der Fortgeschrittenenstunde. Das Thema hieß Colgadas. Ich dachte an Zahncreme, doch es sind Figuren, bei der beide Tanzpartner ihre eigene Achse aufgeben und sich um eine gemeinsame Achse drehen. Ricardo warnte gleich vorweg: Colgadas seien Zauber und Frustration. Wie Recht er hatte. Was er zeigte, sah einfach aus. Er stoppte Flavia bei zwei. Das würde ich sicherlich gerade noch hinbekommen. Dann setzte er seinen linken Fuß neben ihren rechten und ein Stückchen vor. Die Füße hatten also Kontakt. In Folge konnte weder er noch sie die eigene Achse halten. Die gemeinsame Achse war dazwischen und ihre Oberkörper voneinander entfernt. Dann drehte er auf seinem linken Fuß eine halbe Drehung. Langsam ginge das nicht, meinte Ricardo. Man müsse Schwung haben.

Einige Männer kannten diese Figur bereits und zeigten ihr Können, das aus Sicht des Maestros natürlich verbesserungswürdig war. Sonst hätte Ricardo sein Geld ja auch nicht verdient, dachte ich spöttisch in Anlehnung an Tinas Spottpredigt. Ich schaffte gerade den Stopp bei zwei und fühlte Stolz aufsteigen. Doch erste Versuche anschließend zu drehen scheiterten. Ricardo zeigte es mir zwar, jedoch machte er keine Basisübungen dazu. Und so versuchte ich, immer auf der Stelle zu drehen und nachdem ich es einmal mit Selbstbetrug geschafft hatte, glaubte ich es zu können, wurde aber von Ricardo belehrt. Heute weiß ich, dass der Tanzlehrer das Verlassen der eigenen Achse nicht ausreichend erklärte. Ich versuchte nämlich, meine Achse zu halten und nur Tinas Achse zu brechen. Das war für sie unangenehm und führte nur dazu, dass wir beide beim Versuch der Drehung wegrutschten und Tina einen Ausfallschritt machen musste, um einen Sturz zu verhindern. Die folgende Figur war noch komplizierter. Den einführenden Ocho erkannte ich sofort, doch wie er seine Partnerin dann in eine seitliche Position brachte, sie dort ›ankippte‹ und sie anschließend ihren Unterschenkel um seine Hüften schlenkerte, als würde sie einen Fallrückzieher beim Fußball treten, erkannte ich nicht und versuchte es auch gar nicht. Tina ließ sich derweil von Ricardo betanzen. Ich war ihr nicht böse, denn diese Schwierigkeitsgrade überforderten mich mehr als deutlich.

Etwa 20 Minuten vor Ende der Doppelstunde standen die beiden Polizisten in der Tür und winkten mich zu sich. Es gäbe da Klärungsbedarf. Meine Anzeige bei der lokalen Polizeistation stände im Widerspruch zu ihrem Protokoll. Ich solle mitkommen. Als wollten sie mich verhaften, zerrten sie mich aus dem Raum. Achselzuckend schaute ich mich nach Tina um, die eben noch mit Ricardo getanzt hatte, jetzt aber nicht mehr im Raum war. Carlos hingegen grinste frech, als er mich gehen sah.

Diesmal konnte ich mich nicht weigern, im Polizeiauto Platz zu nehmen. Man stieß mich wie einen Gefangenen in den

Fond des Wagens. Widerworte waren zwecklos. Ich drohte mit der deutschen Botschaft, zitierte sogar einen Paragrafen des Grundgesetzes. Doch wir waren in Rumänien. Hier galten andere Regeln. Der Wagen fuhr an. Nach geschätzten zehn Minuten bogen wir auf eine Seitenstraße und hielten nach längerer Fahrt auf einer Kreuzung. Es war mitten im Wald. Der ältere Polizist zeigte mir das von mir unterzeichnete Protokoll, das der nette Polizist auf der Polizeistation aufgenommen hatte. Wasserfallartig prasselte sein Rumänisch auf mich ein. Ab und an wiederholte er seine Aussagen in Englisch, aber so verkürzt, dass ich mich fragte, was er wohl sonst alles geplappert hatte. Quintessenz seiner Aussage: Die unterschriebene Anzeige sei ungültig, da es nicht zwei widersprüchliche Protokolle zum selben Vorfall geben könne. Vor meinen Augen zerriss er meine Anzeige. Ob es noch eine Durchschrift gäbe, fragte er. Ich zuckte mit den Schultern. Erneut verlangte man, dass ich eine Strafe für den von mir verschuldeten Unfall zahlte. Wieder erzählte ich den beiden, dass ich kein Geld und keine Papiere hätte und erst am Dienstag in der Botschaft in Bukarest Hilfe erhalten könnte, sie könnten mich gerne sofort zur Botschaft fahren. Der Ranghöhere wiegelte ab. Man sei kein Taxi. Der Jüngere zeigte plötzlich auf meine Smartwatch und sagte irgendwas, was ich sprachlich nicht aber von der Gestik sehr wohl verstand. Die Uhr war mittlerweile stehengeblieben und außerdem mit meinem verbrannten Smartphone gekoppelt und somit fast wertlos. Kommentarlos gab ich die Uhr ab. Daraufhin öffnete der Ältere mir die Tür, die ich wegen der Kindersicherung nicht hatte betätigen können und schrie, ich solle verschwinden. Als ich mich weigerte, zerrte er mich aus dem Wagen und stieß mich zur Seite. Der Wagen fuhr an. Ich ergriff den Griff der hinteren Tür. Die Tür sprang auf, der Wagen schleuderte, ich fiel auf die Straße, die Tür klappte mit Wucht zu. Alles ging schnell. Da lag ich mit verdreckter Hose und wunden Fingern.

Tina war kurz auf der Toilette gewesen und hatte sich nach Rückkehr über mein plötzliches Fehlen gewundert. Per Nachfrage bei Carlos erfuhr sie, dass die Polizei mich abgeführt hatte. Zwar war sie sofort zum Hoteleingang gerannt, hatte jedoch nur die Rücklichter des davonfahrenden Polizeiwagens gesehen.

Nachdem ich alle bekannten Flüche zuerst gebrüllt, dann gesprochen und zum Schluss nur noch gestammelt hatte, rappelte ich mich auf und schaute dem Auto hinterher, welches aber nicht mehr zu sehen war. Machtlos schaute ich mich um. Ich stand mitten auf einer Kreuzung zweier kaum befestigter Waldwege, daneben nichts als Laubbäume. Zum Glück floss am Rand der Straße ein kleiner Bach, in dessen Brühe ich meine Hände grob reinigen konnte. Der erste Versuch, mich zu orientieren scheiterte. Einer der vier Wege würde mich zurückführen, doch welcher? Ich überlegte: Zwei der vier Straßen führten bergauf, doch welche nach Süden? Deshalb versuchte ich mich, anhand des Mondes und der Sternbilder zu orientieren, musste aber schnell einsehen, dass ich aus der Übung war und einen Kompass oder zumindest eine Uhr gebraucht hätte. Ich kannte nicht mal die Uhrzeit und überlegte: ›steht der Mond im Osten, ist der Nordstern links und der Große Wagen rechts. Oder umgekehrt?‹. Meine Zähne klapperten. Ich fror, denn ich war erhitzt aus dem Unterricht gerissen worden und hatte diesmal keine Weste dabei. Die Temperatur fiel Ende September in der Nacht bereits deutlich. Um mich warmzuhalten, musste ich mich bewegen, aber die Gefahr, in die falsche Richtung loszulaufen war groß – ob mit oder ohne Sterne. Kurz hatte ich die Idee, anhand der Autoabgase die Richtung des abfahrenden Polizeiwagens, zu bestimmen. Es funktionierte nicht. Ich musste mich entscheiden und wählte den Weg bergab, weil die Donau nie bergauf floss. Doch schon bald stieg die Straße wieder an. Zuerst ärgerte ich mich über meine Dummheit. Den richtigen Weg wählte ich schließlich, weil ich mich auf mein Gehör verließ, denn der Verkehr auf der Donaustraße dröhnte mehrere Kilometer weit. Ansonsten war es gespenstisch still im Wald, nur unterbrochen vom typischen Knacken im Unterholz. Beim Kinofilm hätte man ein Käuzchen oder Wolfsgeheul in den Ton gemischt. Nach einem kurzen Anstieg verlief der Weg bergab. Die Straße wurde breiter, der Belag fester, kleinere Wege mündeten auf ihr. Ich trottete die Straße entlang, ohne nach links oder rechts zu sehen, immer in der Hoffnung, endlich auf die Uferstraße zu gelangen. Dann hörte ich von hinten das Heulen eines Motors. Mit hoher Geschwindigkeit näherte sich ein Fahrzeug. Natürlich hatte ich Angst, dass es das Polizeiauto sei, welches sich näherte und daher machte ich bereitwillig Platz, trat auf den Seitenstreifen und wartete auf das Passieren des Wagens. Doch es hielt direkt neben mir. Es war eine Limousine, ohne Polizeibesatzung. Ein älterer Mann kurbelte die Scheibe herunter und fragte etwas auf Rumänisch. Ich antwortete auf Englisch, fragte, ob er mich mitnehmen könne, was er mit einem Nicken und »steigen Sie ein« beantwortete. Er sprach ein gutes Deutsch und wir kamen ins Gespräch. Ich erzählte in Kurzform meine Geschichte, inkl. der korrupten Polizisten. Zu meinem Erstaunen bot er mir an, mich mit nach Bukarest zu nehmen, er führe ohnehin dorthin. Erst wollte ich spontan zusagen, doch je näher wir der Uferstraße kamen, desto unsicherer wurde ich. Einfach so abhauen, ohne mich bei Tina und Maria zu verabschieden? Und was tun dort, ohne Geld und vor geschlossener Botschaft? An der Uferstraße wollte der Fahrer nach links, also nicht in Richtung des Hotels abbiegen. Daher bedankte ich mich beim freundlichen Herren und stieg aus. So stand ich wieder an der Donaustraße. Etwa zehn Minuten hatte der Polizeiwagen für die Strecke vom Hotel bis zur Abbiegung gebraucht. Zu Fuß bräuchte ich Stunden. Diesmal trug ich keine Warnweste und die wenigen Auto- und Lastwagenfahrer gedachten nicht anzuhalten. Wer hält schon im Dunklen an, weil ein unpassend gekleideter Mann an der Straße steht? Da gibt man doch extra Gas. Rechts am Berg entlang, immer die linke Hand hochhaltend, wenn sich von hinten ein Fahrzeug näherte, stapfte ich tapfer Richtung Hotel. Teilweise fuhren die Autos nur Zentimeter weit an mir vorbei. Es war mir egal. Besser schnell durch einen Zusammenprall sterben, als langsam erfrieren. Nach einer gefühlten Ewigkeit hielt ein Taxi vor mir. Tina sprang heraus und umarmte mich. »Hey, ich bin ja so froh, dass du noch lebst!«

»Wieso sollte ich denn tot sein?«

»Na, bei den Verbrechern. Was haben sie mir dir angestellt?«

»Unfallprotokoll zerrissen und mir meine letzte Wertsache abgenommen.«

»Den Haustürschlüssel?«

»Nein, meine Uhr. Leerer Akku, faktisch wertlos.«

Bereits im Taxi musste ich das erste Mal niesen. Ich hatte mich wohl etwas verkühlt. »Du musst ins Bett«, meinte Tina zu mir.

»Aber, ich will das Tanzpaar sehen.«

»Die treten erst um Mitternacht auf. Ist immer so bei Bällen. Ich kann dich kurz vorher wecken. Und einen warmen Grog besorg ich dir auch, damit du morgen wieder fit bist. Will schließlich mit dir den Workshop machen.«

»Woher wusstest du, wo du mich findest? Du hattest doch keine Ahnung, wo diese Verbrecher in Uniform mit mir hinwollten.«

»Es dauerte eine Weile, bis der Taxifahrer kam. Ich hab ihn – mittels Übersetzer auf dem Smartphone – gefragt, wo die nächste Polizeistation ist. Auf dem Weg dorthin standest du an der Straße. Reiner Zufall!«

»Tina, ich danke dir. Sobald ich Geld habe, zahle ich dir deine Auslagen zurück.«

»Dazu wird es wohl nicht kommen. Wir reisen Montag in aller Herrgottsfrühe ab. Und du musst irgendwie nach Bukarest kommen. Willst du trampen?«

»Wird mir nichts anderes übrigbleiben. Trampen und unter Brücken schlafen. Schließlich sind nicht alle Menschen so freundlich und hilfsbereit, wie du und Maria.«

»Ich könnte in der Gruppe für dich sammeln. Möchtest du das?«

»Lieber laufe ich nach Bukarest!«

Tina spendierte mir einen Grog, musste dazu aber der Bedienung erst erklären, was das ist. Dann huschte sie in ihr Zimmer und kam mit zwei Pillen zurück, die sie mir in die Hand drückte. »Nimm die, dann bist du morgen fit!«

Ich antwortete: »Ja Schwester!«

Es war inzwischen spät geworden. Ich musste ins Bett, bibberte am ganzen Körper. Als das heiße Getränk endlich kam, nahm ich die Tabletten, trank einen kleinen Schluck und verschwand mit dem Rest aufs Zimmer, nicht ohne Tina einzuschärfen, mich auf jeden Fall vor dem Auftritt des Paares zu wecken.

13

Recuerdo
Osvaldo Pugliese

Als ich im Bett lag, klang, wegen der verstopfen Nase, das Geräusch der heranrasenden Autos ganz anders in meinen Ohren. Ich summte das ansteigende Motorenbrummen mit, das in Höhe meines Zimmers ihren Höhepunkt erreichte und dann abschwoll, bis es gar nicht mehr zu hören war, obwohl das Auto sich immer noch weiterbewegte, was ich zwar wusste, aber weder hören noch sehen konnte. Und genauso, wie das Auto nicht aus der Welt war, war die Gefahr durch die beiden korrupten Polizisten weiterhin präsent und ich fragte mich, was ihnen als nächstes einfallen würde. Bisher hatte ich noch Glück gehabt.

Das heiße Getränk war schnell alle und schon bald schlief ich ein, um alsbald mit verschnupfter Nase und durch den Mund atmend aufzuwachen. Ein schlechtes Gefühl drückte von unten gegen mein Zwerchfell. Das passiert mir häufiger. Ich verarbeite im Traum Probleme und manchmal fallen mir auch Lösungen ein, die ich dann sofort aufschreiben muss, sonst sind sie weg. Diesmal war ein von Tina beiläufig gesagter Satz die Ursache: ›mein Tanzpartner hat angerufen. Sein Auftrag ist erfüllt, war wohl aber nicht erfolgreich. Er würde sofort von Bukarest zurückfliegen.‹ Ihr Tanzpartner hieß Matthias. Meine Assoziationskette ging wie folgt: Matthias arbeitet für die Konkurrenz und war ebenfalls in Piteşti, hatte lediglich gegenüber Tina Bukarest als Ort genannt. Wenn dem so war, dann hatte der dritte Anbieter den Zuschlag erhalten, denn meine Lösung wurde ja nicht präsentiert. In meinem Berufsleben hatte ich es mit zwei Kollegen namens Matthias zu tun. Einer arbeitete in Süddeutschland als Leiter der Einkaufsabteilung. Wahrscheinlicher ist ein anderer Matthias.

Nach meinem Diplom habe ich ein paar Jahre in Süddeutschland gearbeitet. Der dortige Chef der Einkaufsabteilung hieß Matthias Kaufmann. Ich hatte nur einmal mit ihm zu tun, als es um die Beschaffung eines Computers ging. Wir gerieten heftig aneinander, ich verstand seinen schwäbischen Dialekt nicht und nachdem er meinen Vergabevorschlag ignoriert und ein anderes, aus meiner Sicht ungeeignetes Gerät geordert hatte, kündigte ich. Privat gefiel mir Süddeutschland und das Zusammenleben mit meiner damaligen Freundin Gina sehr gut, doch für die Kollegen war ich von Anfang an ein Fremder, ein Fischkopf, wie sie sagten. Ich versuchte Gina zum Umzug nach Norddeutschland zu bewegen, doch sie hatte familiäre Wurzeln im Süden und lehnte ab. Als ich anfing, Stellenangebote zu prüfen, stellte sie die Vertrauensfrage. Es kam zum Streit und wir trennten uns letztlich, sehr zu meinem Bedauern. Ich nahm die erste offene Stelle in der Nähe meines Studienorts an. Zunächst arbeitete ich auch dort mit Mikroprozessoren, hatte die nervige Art der Programmierung bald satt und versuchte kleine Computer mit einem stabilen Betriebssystem, für die Aufgaben zu nutzen. Damals kamen gerade die ersten erschwinglichen UNIX-Systeme auf den Markt. Damit waren meine Entwicklungszyklen wesentlich kürzer und ich konnte einen Innovationsvorsprung herausarbeiten. Das wusste auch Herr Thomas Kröger, der die Projektleitung für eine neuartige Anlagensteuerung auf Basis Mustererkennung übertragen bekommen hatte. Ich wurde Projektmitarbeiter in einer Matrixorganisation, das heißt, ich behielt meinen Vorgesetzten, arbeitete aber dem Projektleiter zu. Sie kennen dieses Prinzip, bei dem es nur Verlierer gibt, denn niemand kann zwei Herren dienen. Kröger gab mir die Verantwortung für die Aktorensteuerung, also den Teil, in dem Mikroprozessoren verbaut werden. Hier konnte ich erneut punkten und war weit vor dem Zeitplan mit meinen Arbeiten fertig. Nur konnte ich nicht testen, da der Projektleiter mit sei-

nem Gesamtkonzept und der Implementierung der Mustererkennung nicht hinterherkam. Verantwortlich dafür war ein
Matthias Becker, ein Datenbankspezialist. Der Mustervergleich
per Datenbank war damals zäh wie Melasse und Matthias
schob die Schuld immer auf die nach seiner Meinung zu langsame Hardware. Um Weiterarbeiten zu können, baute ich in der
Not einen Simulator, also eine Software, mit der ich meine
Module testen konnte. Die prototypenhafte Implementierung
des Simulators ging in Riesenschritten voran. Matthias kam
nicht hinterher. Als Thomas Kröger auf einem Statusmeeting
erneut Verzögerungen melden musste und ich stolz meinen
Simulator präsentierte, riss der Geschäftsführung der Gedulds-
faden. Man stellte ihm ein Ultimatum und gab mir offen den
Auftrag auf Basis der Simulation ein alternatives, von mir
gestaltetes Konzept umzusetzen. Ich war allein, Thomas Kröger hatte fünf Leute, Matthias Becker wurde mein ärgster, haus-
interner Feind. Jedes Treffen glich einem Wettkampf: Wer hat
den Längsten? Typische Männerspielchen. Beim nächsten Statusmeeting konnte ich bereits in sehr schneller Folge Videobil-
der nach bekannten Mustern auswerten, weil ich auf die Datenbank verzichtete und die Vorlagenmuster in einfachen Dateien
vorhielt. Die Geschäftsführung war begeistert. Thomas Kröger
bekam Schelte, wehrte sich jedoch, indem er meine Lösung
schlecht machte, dabei strategische Gründe anführte, da meine
Softwarebasis nicht den Vorgaben entsprach, die allerdings –
Lobbyismus lässt grüßen – vom Systemanbieter IBM selbst
aufgestellt worden waren. Es kam, was kommen musste. Ich
wurde Kröger direkt unterstellt und erhielt die Aufgabe die
Software, wenn möglich, vorgabenkonform umzugestalten
oder die projektierte Lösung zum Laufen zu bringen. Die
Zusammenarbeit mit Matthias Becker klappte natürlich nicht,
nur weil die Geschäftsleitung sie vorgegeben hatte. Dickköpfig,
wie ich war, weigerte ich mich, von meinem Lösungsansatz
abzuweichen. Ich hatte in allen Belangen die bessere Lösung.
Doch Thomas war der Ranghöhere und entschied sich in

jedem Meeting für Matthias' Vorschläge, denn es war sein lang-jähriger Mitarbeiter und er vertraute mir nicht. Als er mich zwang, an seiner verkorksten Lösung unter der Regie von Matthias Becker weiterzuarbeiten, gerieten wir heftig aneinander und ich fing an, Stellenausschreibungen zu studieren. Angebote gab es genug. Ich hatte inzwischen geheiratet, war mit meiner Frau in eine neue Wohnung gezogen. Als ich ihr vorschlug, in eine andere Stadt zu ziehen, zeigte sie sich wenig erfreut über meine Wechselpläne. Diesmal war mir meine Frau wichtiger als der Job und ich heuerte bei einem Automobilzulieferer an, wo ich lustlos Aufträge des Auto-Giganten abarbeitete. Eine junge Kollegin aus der Nachbarabteilung, die ich in der Kantine ken-nengelernt hatte, als wir uns um die letzte Kohlroulade stritten und diese schließlich teilten, wechselte zu meinem ehemaligen Arbeitgeber und erfuhr beiläufig von den Schwierigkeiten im Projekt Mustererkennung. Als ich sie zufällig am Samstag in einem Drogeriemarkt traf, lästerte sie über Thomas Kröger. Ich bat sie, Näheres herauszufinden. Ein paar Tage später rief sie mich an. Thomas Kröger habe meine Lösung als Basis genom-men und weiterentwickelt. Er käme aber nicht klar mit meinem Designansatz, würde Rucksäcke dranstricken, mehr kaputt als heile machen und der erste Kunde warte seit fast einem Jahr auf die zugesagte Lieferung. Ich war entsetzt, hing mein Herz-blut wohl immer noch an meinem System. Ohne zu zögern rief ich den Chef von Thomas an, den ich aus den Statusmeetings kannte. Er bedauerte meinen Weggang und bot mir noch am Telefon einen Job an. Wir trafen uns am Abend. Ich pokerte hoch, wollte die Position von Thomas Kröger, volle Entwick-lungsfreiheit und eine Verdoppelung meines Gehalts. Und so kam es. Thomas Kröger wurde zur Seite wegbefördert und in Erwartung meiner Regie kündigte Matthias seinen Job. Ich arbeitete zum Leidwesen meiner Frau einige Monate nahezu Tag und Nacht und konnte wenig später den ersten Kunden bedienen, gerade rechtzeitig vor Fälligkeit einer Konventional-strafe. Ein Jahr später war das Projekt abgeschlossen. Zwar gab es noch ein paar Verbesserungspotentiale, doch diese rechtfertigten nicht ein organisatorisch eigenständiges Projekt. Daher wurde das Projekt offiziell abgeschlossen und die Mitarbeiter einer neuen Abteilung zur Wartung und Weiterentwicklung zugeordnet, deren Chef Thomas Kröger wurde. So hatte ich ihn als Chef wieder, verdiente jedoch mehr Geld als er, da man mein Gehalt nicht einfach kürzen konnte. Dies stieß Thomas Kröger immer wieder bitter auf und führte zu zahlreichen Auseinandersetzungen zwischen uns. Matthias Beckers Spur verlor sich.

Es stellt sich natürlich die Frage, warum ich in letzter Zeit faktisch alleine an der neuen KI-Lösung gearbeitet und man kein großes Projekt aufgesetzt hatte? Grund war, dass das Thema Mustererkennung durch das von Thomas Kröger in den Sand gesetzte Projekt verbrannt war. Kam das Gespräch auf dieses Projekt, wiegelten alle Verantwortlichen ab. Nicht noch einmal, hieß es immer. Die Existenz meiner Neuentwicklung wäre der Geschäftsleitung auch gar nicht bekannt geworden, wenn Tessa den erfolgreichen Pilotbetrieb nicht herausposaunt hätte. Doch unsere Abteilung brauchte Budget fürs nächste Jahr und dank Tessas geschicktes Agieren blieben wir von Kürzungen verschont.

14

La Melodia del Corazon
Edgardo Donato & Romeo Gavio

Um halb zwölf klopfte es. Es war Tina. Sie flüsterte: »Es geht los!«

Ich schlüpfte in meine Klamotten und stapfte hinter ihr her zum Saal, wie wir den Gesellschaftsraum nannten. Matthias hatte sich in meinen Gedanken festgesetzt. Ich fragte: »Tina, wie heißt dein Tanzpartner Matthias mit Nachnamen?«

»Becker. Wieso?«

Ich schwieg. Becker ist ein häufig vorkommender Name und Matthias jahrgangsabhängig auch. Reiner Zufall – redete ich mir ein.

Barbara bediente den Musikplayer und spielte einen sehr schönen melodischen Tango. Doch nur Stefanie und Andreas, sowie Sabine und Ralf tanzten. Die anderen hielten sich an einem Glas Rotwein fest, glotzten und quatschten, so dass ihr Geräuschpegel die Musik übertönte. Grund für die Unruhe war, dass Flavia und Ricardo im Flur auf ihren Auftritt warteten. Sie hatten sich vor etwa einer Stunde zum Umziehen auf ihr Zimmer zurückgezogen und danach auf der Terrasse warmgetanzt. Wie vermutet trug Flavia offene mehrfarbige Riemchenschuhe mit 8 cm hohen Absätzen. Statt der Schlabberhose, die sie während der Workshops angehabt hatte, trugen ihre

Beine jetzt grobmaschige Strümpfe und der rot glitzernde Fetzen der ihr Leibchen bedeckte, ließ viel Spielraum für Männerfantasien. Ricardo hatte sich in einen mit Glitzer durchsetzten hellen Anzug gezwängt und das dunkle Hemd mit einer passenden Krawatte gekrönt. Seine schwarzen Haare waren frisch gegelt. Er trug Lackschuhe und mir wurde klar, woher der Ausdruck Lackaffe stammt.

Es folgte der Auftritt des Veranstalters. Carlos gab ein Zeichen. Die Musik stoppte recht abrupt und mit Mikro in der Hand kündigte der Dicke mit warmen Worten die Stars des Abends an. Extra aus Buenos Aires, nur für diesen Auftritt angereist, würde das Paar nun eine Tangoshow ohne Gleichen präsentieren, einen Auftritt, an dem sie über drei Jahre gefeilt hätten und der nun zum ersten Mal in diesen Räumlichkeiten gezeigt werden würde. Ich musste bei diesen Worten grinsen, doch das Publikum gehorchte und spendete Beifall. Für das Paar das Zeichen in den Raum zu treten. Ricardo schob der DJane einen USB-Stick zu und flüsterte, dass sie nach jedem Stück eine Pause und das dritte Stück erst nach Aufforderung abspielen solle. Dann begaben sich die beiden Vortänzer jeweils in eine Ecke des Raums. Die Musik startete. Es war ein getragener, instrumentaler Tango. Nun schritt Ricardo auf seine Partnerin zu, die sich scheinbar etwas zierte, um sich dann doch dem Gockel zuzuwenden und schließlich nach ein paar Verzierungen in die Tanzhaltung nehmen zu lassen. Darauf setze Ricardo einen mächtigen Schritt nach links. Niemand im Raum hätte gedacht, dass so kurze Beine zu so langem Seitschritt fähig waren. Flavia folgte grazil. Jetzt war schon ungefähr eine Minute des nur zirka 2:30 langen Tangos verstrichen. Zur Freude der Gäste und mit viel Zwischenapplaus, folgten dann, präzise zur Musik passend, schnelle und sehr langsame Schrittfolgen, verrückte Verzierungen und ein gegenseitiges Hakeln mit den Beinen, das ich noch nie gesehen hatte. Nach dem tosenden Applaus, währenddessen sich das Paar verneigte, folgte ein rhythmischer Tango. Nach etwa einer Minute setzte

Gesang ein, die Musik wurde dabei etwas leiser. Vor meinem geistigen Auge sah ich ein Aufnahmegerät für Schellackplatten, quasi einen Trichter als Mikrophon und die Musik auf der Aufnahme leiser werden, weil der Sänger aus dem Hintergrund vors Mikrophon trat und so die Musiker verdeckte. Das Paar setzte zum Schlussakkord an, zeigte sehr schnelle Drehungen mit vielen Sacadas, einen Begriff, den ich erst spätern lernte und vollendete den Tanz, passend zum Finale mit einer Pose – taktgenau einstudiert. Wieder tosender Applaus. Wieder Verbeugungen seitens des Paares. Dann verließen die Beiden den Saal und hofften auf Otra-Rufe. Das Publikum jedoch reagierte verhalten. Es war spät. Erst als Carlos seine Leute aufmunterte, setzte erneut rhythmisches Klatschen ein, worauf sich Flavia und Ricardo erbarmten und erneut in den Saal traten. Es folgte eine Milonga, also ein schneller, munterer Tango im Viervierteltakt. Da die Musik deutlich schneller war, verzichteten sie auf komplexe Figuren, spielten stattdessen mit dem Tempo auf Basis einfacher Schritte. Die Qualität der einzelnen Figuren war nicht mehr so präzise, wie zu Beginn. Doch gegen Ende der Musik steigerte sich die Abfolge an schnellen Schritten so stark, dass kaum ein Auge die Vielzahl der Verzierungen noch auseinanderhalten konnte. Stehender Applaus. Das Paar, jetzt deutlich außer Atem, verbeugte sich nach allen Seiten. Erneut kam die Stunde des Veranstalters. Es wurde zum Gruppenfoto aufgerufen, wohl weil das argentinische Paar so schick gekleidet, auf dem Foto gut aussehen würde. Carlos drückte mir sein Smartphone in die Hand. Ich durfte knipsen. Bis jedoch die dem Dicken genehme Aufstellung gefunden worden war, dauerte es Minuten. Wie von Tina bespottet, stellte sich Carlos zwischen das argentinische Paar, Barbara huschte an die Seite von Ricardo und alle anderen mussten in zweiter Reihe Aufstellung nehmen. Ich munterte die Leute zum Lächeln auf, was der ersten Reihe nicht, einigen aus der zweiten und dritten Reihe (die großen Männer standen versetzt ganz hinten) aber sehr schwer fiel. Carlos grinste mit seinem runden Gesicht wie ein Honigkuchenpferd.

Barbara wollte anschließend die Gäste bei Laune halten und eröffnete die nächste Tanzrunde mit einem Walzer. Das gefiel Stefanie und Andreas. Günter und Renate verließen den Saal, um sich an der Bar noch einen Absacker zu gönnen. Die beiden Rentnerpaare gingen gleich schlafen. Carlos, Barbara sowie Sabine und Ralf und Tina umringten das argentinische Paar, überschütteten es mit Lob und stellten die typischen Fragen. Höflichkeit war angesagt. Ich stand abseits, fühlte mich nicht richtig zugehörig und sah, wie Tina mit ihrem Lächeln Ricardo anbaggerte und versuchte, ein gemeinsames Tänzchen zu erwirken. Carlos hingegen war fasziniert von Flavia und tätschelte immer wieder über ihren halbnackten Rücken. Barbara hatte sich wieder ihrer Aufgabe als DJane zugewendet und beobachtete mich schon seit ein paar Minuten. Diesmal trug sie rot/schwarze geschlossene Wildlederschuhe mit moderatem Absatz. Das rote Kleid war wohl ihr Markenzeichen oder sie hatte nur dieses eine Kleid mit, denn auf allen Milongas sah ich sie nur so. Die Musik wechselte, es kam eine Musik Fado artig, zu der man durchaus Tango tanzen konnte, wobei Tina mir erzählt hatte, dass man mit Tangoschritten zu jeder Musik tanzen könne. Plötzlich stand Barbara vor mir. »Hey! Da bist du ja billig zum Tango gekommen. Wobei nicht billig, umsonst sogar. Schämst du dich gar nicht?«

Ich glotzte sie mit offenem Mund an, denn eine Antwort auf ihre Frechheit fiel mir nicht ein. Nach einer gefühlten Minute fragte ich zurück: »Wie kommst du darauf?«

»Du glaubst wohl, du kannst dich durch die Welt schnorren! Ohne jemals auch nur einen Schnupperkurs und Anfänger-Workshop besucht zu haben, stolzierst du hier mit Straßenschuhen aufs Parkett und glaubst tanzen zu können. Und zahlst nicht mal dafür. Lässt dich von einer einsamen Dame aushalten. Pfui!«

»Leck mich doch, du blöde Gans!«, rutschte es mir halblaut raus. Ich wollte mich abwenden, doch Barbara hielt mich am Arm fest.

»So kommst du nicht davon. Du tanzt jetzt mit mir! Die anderen sind im Gespräch und ich habe keine Lust, den ganzen Abend hinter dem Pult zu stehen.«

Toll! Sie machte mich zum Ersatzmann. Na ja, so ganz Unrecht hatte sie damit ja nicht. Nur fühlte ich mich nicht so. Mir blieb keine andere Wahl, wenn ich mich nicht auf ewig in dieser Gruppe blamieren wollte. Ich bot ihr die Tanzhaltung an und versuchte, mich zu rechtfertigen: »Übrigens, die Schuhe, die ich seit Tagen trage, sind ideal zum Autofahren, haben eine flache Kunststoffsohle und sind ziemlich abgelaufen. Ich kann damit gut tanzen. Und: Wenn ich Geld hätte, würde ich auch für die Workshops zahlen. Im Moment bin ich abgebrannt. Im wahrsten Sinne des Wortes.«

Die Musik wechselte. Der Fado war verklungen, es begann ein langsamer Tango, gut passend zur Nacht. Barbara war nicht so leichtfüßig auf den Beinen wie Tina. Jedenfalls forderte sie von mir eine Kraft, die ich bei Tina nie hatte aufwenden müssen. Vielleicht machte sie das aber auch extra, um mich zu blamieren. Dieser Verdacht bestätigte sich bald. Ich hatte mich für eine Variation von Grundschritten entschlossen und eine Runde im Raum fehlerlos überstanden. Inzwischen hatte Tina Ricardo überredet und das Paar drehte sehr beschwingt ihre Runden durch den Saal. Flavia, immer noch mit Carlos diskutierend, beobachtete mich genau. Ich tanzte auf Nummer sicher, wollte, dass Barbara entnervt aufgab. Doch sie fügte Verzierungen ein und interpretierte meine Führung ziemlich willkürlich, so dass ich sie fester umfassen musste.

Inzwischen hatte mich der Ehrgeiz gepackt und ich wollte zeigen, dass ich mehr als Grundschritt draufhatte. Zuerst führte ich sie nach dem Kreuz bei fünf in eine Linksdrehung. Dies hatte ich bereits mit Tina und Stefanie probiert. Dann wollte ich nach Schritt fünf in einen Ocho führen. Wie ich es gelernt hatte, zeigte ich meine Führung mit der Schulter deutlich. Doch Barbara war über die ungewöhnliche Abfolge, Vorwärts-Ocho nach dem Kreuz so überrascht, dass sie eine Moulinette tanzte, womit ich nicht gerechnet hatte. Was auch immer danach genau passiert ist, weiß ich nicht und ich bin mir auch keiner Schuld bewusst. Plötzlich trat sie mir heftig und mit voller Absicht mit ihrem Absatz auf den Fuß. Ich schrie auf. Alle noch Anwesenden glotzten uns an.

»Er kann es halt nicht!«, sagte Barbara etwas zu laut und zuckte dabei mit den Schultern, spielte das Unschuldslamm. Tina, in den Armen von Ricardo, schaute entsetzt zu mir. Doch ich wiegelte mit den Händen fuchtelnd ab, wollte ihr nicht den langersehnten Tango mit einem Profitänzer madig machen.

Carlos, der mit Flavia tanzte, zeigte Barbara ein Daumenhoch.

Flavia hingegen, löste die Tanzhaltung und kam zu uns. In einem Schwall Spanisch ohne Untertitel redete sie auf Barbara ein. Keiner, bis auf Ricardo, verstand, was sie sagte, doch ihre Mimik und Gestik verstanden alle. Flavia machte Barbara Vorwürfe. Nicht ich sei schuld, es wäre ihr Fehler oder Absicht gewesen. Barbara machte ein knurrendes Geräusch und verdrückte sich hinters DJ-Pult. Dort stoppte sie das aktuelle Stück abrupt und startete einen schweren Tango Nuevo von Astor Piazolla.

Später, ich lag bereits im Bett und ärgerte mich abwechselnd über Barbara und mich selbst, klopfte es an meiner Tür. Doch ich tat so, als ob ich schliefe, wollte kein Mitleid von wem auch immer.

15

Soledad
Carlos Gardel

Am nächsten Morgen ging es mir besser. Tinas Tabletten hatten wohl geholfen. Als ich zur Toilette gehen wollte, stoppte mich der Rezeptionist. Maria war nicht da, stattdessen hatte ein älterer Herr Dienst. Er sprach mich auf Deutsch an.

»Mein Herr, wir beobachten ihre Anwesenheit in unserem Haus schon länger. Leider haben wir von Ihnen immer noch keine persönlichen Daten aufnehmen können und somit ist die vom Staat geforderte Registrierung immer noch offen. Ihr Konto ist nicht gedeckt, da sie bisher keine Kreditkartennummer hinterlegt haben. Sofern sie dies nicht auf der Stelle nachholen, muss ich sie bitten, das Haus ohne Verzug zu verlassen.«

Ich stutzte. Bisher hatte ich also von Marias Gnaden gelebt. Jetzt hatte sie entweder frei oder eine andere Schicht und ich ein Problem.

»Es tut mir leid. Bei einem Unfall hier in der Nähe sind alle meine persönlichen Dinge verbrannt. Erst am Dienstag kann ich zur Botschaft fahren und einen neuen Ausweis ausstellen lassen. Leider sind auch alle Kreditkarten verbrannt. Es tut mir leid, dass ich Ihnen Unannehmlichkeiten bereitet habe, dachte aber, dass die beiden Polizisten, die den Unfall aufgenommen haben, alles mit dem Hotel geregelt hätten.«

»Nein, mein Herr. Die beiden Polizisten waren heute in der früh hier und haben unsere Gästeliste kontrolliert und dabei ihre Anmeldung vermisst. Jetzt bekommen wir Ärger ihretwegen.«

»Scheiße!«, fluchte ich.

»Was sagten Sie, mein Herr?«

Ich ließ ihn stehen, ging kurz aus Klo, dann in das Zimmer. Dort legte ich Marias Leihgaben zusammen, steckte sie in eine Wäschetüte. Diese drückte ich dem Rezeptionisten mit Dank an Maria in die Hand und trat auf die Straße. Mein Magen knurrte. Ich hatte seit Samstagmittag nichts gegessen und keine Ahnung, wie es weitergehen sollte.

Es war das zweite Mal, dass ich eines Hotels verwiesen wurde. Zuvor passierte es in der Schweiz. Zusammen mit einem Arbeitskollegen und einer Praktikantin hatte ich einen Termin bei einem Kunden in Basel. Wir kamen gegen elf Uhr abends an. Es war mal wieder Stau auf der Autobahn gewesen und Bahnfahren ist etwas für Leute, die gerne zu spät kommen. Alle waren fix und fertig, denn wir hatten zuvor im Büro gearbeitet und waren mit einem frischen Release zum Kunden aufgebrochen. Der Kollege, ein erst 28-Jähriger, gerade erst 2 Jahre im Unternehmen, brauchte noch einen Absacker. Ich war damals so um die 40 und galt als alter Hase. Die Praktikantin wollte unbedingt das Kundengeschäft kennenlernen und hatte Chef so lange angebettelt, bis er ihrer Reise zugestimmt hatte. An der Bar gönnten wir uns einen ortstypischen Obstler. Ich wollte ins Bett, mein Kollege und die Praktikantin verweilten noch einen Moment.

Am nächsten Morgen hatten beide kleine Augen, es war wohl spät geworden. Auch der Termin beim Kunden war anstrengend. Wir bereiteten eine Vorführung vor und am frühen Nachmittag stellten wir unsere Lösung exemplarisch dar. Natürlich mussten wir über Mittag noch ein paar kleine Fehlerchen fixen. Doch das ist Tagesgeschäft. Ich präsentierte unser

System mit fester Stimme. Mein Kollege bediente die Software, die Praktikantin lächelte, sehr zur Freude der Mitarbeiter des Kunden. Inklusive Diskussion dauerte die Sitzung bis um halb fünf. Danach bauten wir unser Equipment ab und fuhren zum Hotel zurück. Wir waren alle erschlagen, aber glücklich, da wir den Kunden von unserer Lösung überzeugt hatten. Nach einer heißen Dusche, gingen wir in ein benachbartes Lokal, verspeisten ein landestypisches Gericht und gönnten uns mehrere Gläser Bier dazu. Während der ganzen Zeit schnatterten wir in einer Tour und feierten unseren Erfolg lautstark. Der Kellner guckte uns mehrfach scharf an.

Nach dem Essen hatte ich noch eine Mail zu beantworten. Die Praktikantin und mein Kollege nutzten die Hotelsauna. Mein Zimmer grenzte an ein Nachbarzimmer und bei Bedarf konnten beide Zimmer zu einem Familienzimmer kombiniert werden. Zwar war die Durchgangstür sichtbar, ich verließ mich aber darauf, dass sie verschlossen war. Der Fernseher im Zimmer funktionierte nicht. Die Minibar bot nur teure Erdnüsse und Miniflaschen mit Spirituosen an. Dann betrat ein Paar das Nachbarzimmer, was ich gut hören konnte. Es folgten Stimmen und Gepolter von nebenan. Ich saß auf dem Bett, bearbeitete meine Mails, konnte mich aber nicht richtig konzentrieren, da aus dem Nachbarzimmer Geräusche ins Zimmer drangen. Nach einer Weile wurde es still. Dann hörte ich zwei Menschen miteinander sprechen, zumindest glaubte ich das und bald folgten spitze Schreie. Ich hämmerte gegen die Durchgangstür, wollte meine Ruhe. Doch die Schreie wurden nur noch heftiger. Dann probierte ich die Türklinke. Die Tür war offen. Ich trat in den Nachbarraum. Im Bett lag die Praktikantin und ein nackter Mann auf ihr. Ich ergriff seinen Arm, zog ihn hoch und schlug ihm meine Faust ins Gesicht. Dann erst merkte ich, dass es mein Kollege war und murmelte kaum verständlich: »Oh! Das tut mir wirklich leid!«

Er war sauer auf mich. Schließlich war es sein Privatleben und er konnte vögeln, mit wem auch immer er wollte – auch in der Schweiz. Doch ich war sein Teamchef und wir waren auf einer Dienstreise. Kurzum: Es kam zu einer lautstarken Auseinandersetzung. Ein Stuhl ging zu Bruch. Ein paar Minuten später stand ein Hotelbediensteter in der Tür, die er mit einem Zweitschlüssel aufgeschlossen hatte. Er trennte uns Kampfhähne, fragte, wer angefangen hätte. Die Praktikantin war inzwischen angezogen und meldete sich zu Wort. Sie beschuldigte mich als Bösewicht, der eingedrungen sei, was ja auch stimmte. Woher sollte ich auch wissen, dass sie beim Sex Geräusche, wie eine Sirene machte? Der Hotelmensch forderte mich auf, das Hotel sofort zu verlassen. Ja, er wartete an der Tür, bis ich meine wenigen Sachen zusammengekramt hatte und geleitete mich nach draußen. Natürlich war ich wütend. Da wir in meinem Auto angereist waren, stieg ich ein und fuhr noch in der Nacht zurück. Der Kollege und die Praktikantin mussten am nächsten Tag eine teure Bahnfahrt buchen. Das Hotel buchte mein Zimmer für Nächte von meiner Kreditkarte ab. Die Praktikantin wurde auf eigenen Wunsch in eine andere Abteilung versetzt und jedes Mal, wenn ich sie in der Kantine traf, lächelte sie mich an. Mein Kollege konnte und wollte nicht mehr mit mir zusammenarbeiten und wechselte ebenfalls zunächst die Abteilung und später die Firma.

Es war erst gegen neun am Sonntagmorgen, als mich der Rezeptionist des Hotels Septembrie auf die Straße gesetzt hatte. Nun stand ich dort und überlegte. Ich könnte per Anhalter nach Bukarest fahren und bis Dienstag unter Brücken oder in Heuschuppen schlafen. Dann würde ich jedoch weder Tina wiedersehen, noch könnte ich mich bei Maria persönlich bedanken. Allein der Gedanke daran quälte mich.

Auf der anderen Straßenseite parkten andere Autos als bei meiner letzten Visite dort. Glücklicherweise stand die Sonne schon am Himmel und wärmte etwas. Ich ging hinüber. Vielleicht hatte ja an diesem Morgen jemand seinen Schlüssel stecken lassen. Zuerst schaute ich mir nochmals das Schrottauto auf dem Parkplatz genauer an. Traurig stand es noch an derselben Stelle und wartete auf seinen endgültigen Tod. Sofern ich Decken finden würde, könnte ich darin übernachten. Doch Decken hatte ich nicht und Hunger zudem. Ich blickte zum Hotel hinüber. Neben dem zweistöckigen Hauptgebäude grenzte ein mannshoher Anbau den tiefer liegenden Restaurantbereich von der Straße ab. Weiter nach Osten unterquerte ein kleiner Kanal die Straße und mündete auf Höhe des Bootsstegs in die Donau. Für Hotelgäste gab es eine Brücke, die zum Swimmingpool und zum Bootshaus führte. Dort in der Nähe hatten Tina und ich Tango geübt. Von der Straße war der Bereich mit einer Mauer abgegrenzt. Erst dahinter gab es einen separaten Zugang zum Hotelgrundstück, wahrscheinlich um Bootsbesitzern Zugang zu gewähren. Ich schlich zum Bootshaus. Am Vortag war es offen gewesen und in der Tat war es das am Sonntag auch. An den Wänden hingen Seile, die mir bisher nicht aufgefallen waren. Eine Pappkiste enthielt Kleidungsstücke, wie Pullover und Bademäntel, offensichtlich von Besuchern vergessen. Und, ganz wichtig: Es stapelten sich dort Wolldecken, wie Tina sie mir am Donnerstagabend gebracht hatte. Ich setzte mich auf einen herumstehenden Klappstuhl und ließ die Zeit Revue passieren. Ich war in diesem Hotel am Donnerstag gestrandet, war voll Aggression im Zimmer auf und abgerannt und hatte meinen Job vermisst. Heute war Sonntag und ich war immer noch voll Aggression, doch mein ganzes Leben hatte sich vollständig gewandelt. Ich vermisste zwei Frauen und den Tango. Der Job war mir egal – geworden.

Ich musste Tina finden, und zwar so, dass das Personal davon nichts mitbekam. Obwohl: Wusste die Bedienung überhaupt Bescheid? Oder war mein Hausverbot eine Sache des Rezeptionisten, die nicht an die große Glocke gehängt worden war?

Ich versuchte Tina zu erspähen. Vom Bootshaus sah ich sie nicht. Ein paar Schritte weiter, konnte ich die auf der Terrasse sitzenden Menschen erkennen. Ein paar Teilnehmer der Tango-

Gruppe waren immer noch am Frühstücken. Tina war nicht dabei. Deshalb beschloss ich, mir ein paar warme Sachen und einen Stuhl aus dem Bootshaus zu holen und mich gut sichtbar gegenüber vom Hoteleingang an die Straße zu setzen und dort zu warten. Gesagt, getan. Es dauerte nur wenige Minuten, bis der Rezeptionist zu mir herausgestürzt kam und mich anschnauzte. Ich sagte ihm im sachlichen Ton, dass der Platz nicht mehr zum Hotel gehöre und ich die Zeit bis Dienstag totschlagen müsse. Schimpfend und maulend zog er ab. Danach verging die Zeit langsam. Ich beobachtete die vorbeifahrenden Autos und versuchte, ihre Geschwindigkeit einzuschätzen. Dabei hatte ich immer den Eingang des Hotels im Blick. Doch Tina trat nicht heraus.

Es war sicher bereits 10 Uhr durch – genau kann ich das nicht sagen, ich hatte ja keine Uhr mehr – als direkt vor meinen Füßen ein Kleinwagen anhielt. Jemand kurbelte die Seitenscheibe herunter. Es war Maria. Hinten im Auto saß ein kleines Mädchen.

»Felix, was machst du hier?«, fragte Maria.

»Dein Kollege hat mich vor die Tür gesetzt. Die beiden Polizisten haben mich wohl verpfiffen. Als ich heute Morgen zum Klo wollte, fing der Rezeptionist mich ab und ich musste ohne Frühstück sofort das Haus verlassen. Ich habe die geliehenen Kleidungsstücke abgegeben. Sie müssten in der Rezeption liegen.«

»Du hast nichts gegessen?«

»Nein.«

»Was hast du vor?«

»Ich möchte mich von Tina und dir verabschieden und morgen nach Bukarest trampen. Hab gedacht, ich schlaf heimlich im Bootshaus.«

»Warte hier!« Maria setzte den Wagen in eine Parklücke, ließ das Mädchen aussteigen und die beiden kamen Hand in Hand zu mir. »Das ist Nea, meine Tochter. Nea, wie der Schnee auf

Rumänisch, denn sie ist im Januar geboren. Nea, gibt dem Herrn die Hand.«

Nea machte einen artigen Knicks und sagte etwas auf Rumänisch, wahrscheinlich so etwas, wie ›Guten Tag‹.

»Ich gehe kurz rein und hole die Sachen«, sagte Maria und ging mit Tochter an der Hand in Richtung Hoteleingang. Ich schaute ihr hinterher und setze mich wieder auf meinen Platz. Bisher hatte ich Maria immer nur in ihrer Rezeptionistinnengarderobe gesehen. Jetzt trug sie ein Sommerkleid mit buntem Printmuster und flache Halbschuhe. Das weite Kleid flatterte um ihre schlanken Beine. Nea war das Ebenbild ihrer Mutter. Ihre Haare strahlten im natürlichen Blond, ihre Grübchen machten jedes Lächeln zu einer Augenweide. Maria hatte ihrer Tochter ein paar blaue Jeans und rotweiße Turnschuhe verpasst. Am Oberkörper trug das Kind eine Outdoor-Jacke in grün/gelb. Sofort trauerte ich meinem Elternhaus nach. Meine Eltern hatten reichlich Kinder gehabt. Mir und Petra war das vergönnt geblieben.

Es dauerte eine ganze Weile, bis die beiden zurückkamen. Maria hatte ein Sandwich und eine Flasche Wasser für mich dabei. Ich fragte: »Hat er Ärger gemacht?«

»Ich habe immer Ärger mit dem Typen. Er will mir schon seit Jahren an die Wäsche und versucht immer, mich irgendwie zu erpressen. Heute hatte ich meine Tochter als Schutzengel dabei. Schöne Grüße aus der Küche. Man hat dich beim Frühstück vermisst.«

»Danke, tausend Dank.« Ich biss sofort in das belegte Brot und nahm einen Schluck Wasser. »Was hab ihr heute vor?«, fragte ich.

»Eigentlich wollten Nea und ich dein kaputtes Auto-Wrack ansehen.« Maria lag etwas Graues auf der Seele, das spürte ich sofort, obwohl sie es gut kaschierte. »Nea hat von ihrem Papa ein Fernglas geschenkt bekommen und jetzt sucht sie überall nach Schätzen. Wenn am Straßenrand ein glitzerndes Etwas liegt, muss ich anhalten, damit sie es prüfen kann. Passenderweise nimmt sie dafür Omas Lupe.« Maria lachte und auch ich musste grinsen. Kleine Kinder sehen die Welt mit anderen Augen. Doch bereits nach wenigen Sekunden schlug Marias Lächeln wieder in Wehmut um.

»Was ist los? Ärgerst du dich über den Typen an der Rezeption?«

»Nein, an den habe ich mich gewöhnt. Komm steig ein. Ich erzähl es dir unterwegs.«

Nea saß hinten, ich nahm vorne Platz. Es war meine erste Mitfahrt in einem DACIA Logan. »Jetzt kann ich reden. In der Nähe des Hotels ist kein Platz für Privates.«

»Okay.«

»Mein Mann hat angerufen.«

Ich dachte mir nichts dabei. Wahrscheinlich ruft er jeden zweiten Tag an.

»Wir sprechen immer übers Internet.«

»Okay.«

»Ein Freund von uns, er wohnt auch im Ort, arbeitet in Norddeutschland in einem Hühnerstall. Einer Eierfabrik. Mehrere tausend Hühner auf engstem Raum.«

»Ist es dort, wo dein Mann auch arbeitet?«

»Nein, ein paar Kilometer weiter. Sie treffen sich immer am Wochenende. Jetzt ist der Freund krank. Er hat sich vergiftet, an den Desinfektionsmitteln, die man dort zum Reinigen verwendet.«

»Oh, waia!«

Wir waren am Unfallort angekommen. Ich zeigte Maria die Bucht, dort wo auch die Polizisten geparkt hatten. Nach dem Aussteigen öffnete Maria ihrer Tochter die hintere Tür und ermahnte sie auf Deutsch nicht über die Straße zu rennen, vorsichtig zu sein und auf Autos zu achten. Nea antwortete auf Rumänisch, was ich als ›Ja Mama‹ interpretierte. Ich glaube, diese kindliche Reaktion ist international gleich. Das Ja wird langgezogen und das Wort Mama wird genervt angehängt. Nea hatte ihr Fernglas in der Hand, der viel zu lange Riemen baumelte um ihren Hals und ihre Lupe hatte sie in der Jackentasche stecken. Die bunten Turnschuhe machten sie flink. Sie lief gleich über die Straße, vorher nach links und rechts guckend. Weil wir einige Meter hinter der eigentlichen Unfallstelle geparkt hatten, ergab sich von hier ein anderes Bild, als direkt am Unfallort. Der Unfallwagen selbst war nicht erkennbar. Gut erkennbar war jedoch der angekokelte Baum, auf den der Passat anfangs gestürzt war. Aus dieser Perspektive konnte man den mächtigen Stamm gut erkennen und es wurde klar, dass der Baum das stürzende Fahrzeug nur eine kurze Zeit hatte tragen können. Dass auf einem derartigen kleinen Plateau überhaupt so große Bäume wachsen konnten, ist verwunderlich. Allerdings hatte ich auch schon dicke Birken auf Parkhäusern und Mauerresten gesehen.

Nea stand am Abhang und guckte durchs Fernglas. Die Kleine hatte mit dem schweren Ding zu kämpfen, war aber mächtig stolz auf das Geschenk ihres Vaters. Ich kam auf den Freund der Familie zurück. »Du sagtest, die Krankheit des Freundes sei vom Desinfektionsmittel verursacht worden?«

»Ja, so sagt der Freund. Das Problem ist, er ist nicht versichert.«

»Wie kann das sein? Sein Arbeitgeber muss ihn doch versichern. Das ist Vorschrift.«

»Ich weiß, aber er hatte wohl zwei Jobs. Einen offiziellen. Als Erntehelfer. Und dann nach Feierabend einen zweiten. Im Hühnerstall. Schwarz, ich glaube, so sagt man bei euch.«

Ich nickte. »Schwarzarbeit, ja so nennt man es landläufig. Und bei dem Job ist es passiert?«

»Ja. Er hat die Ställe gesäubert. Er hat keine Maske getragen und die Käfige mit einem Hochdruckreiniger gesäubert. Dem Wasser wurde ein Gift beigemengt. Irgendwann ist er umgekippt.«

»Und dann?«

Wir gingen in Richtung der Absturzstelle. Maria rief nach ihrer Tochter, ohne sich jedoch umzusehen, ob sie auch käme.

»Krankenwagen. Im Unfallprotokoll steht Hühnerstall und nicht Kartoffelacker. Jetzt weigert sich die Versicherung«, ergänzte sie. Voll Sorge drehte sie sich um und schrie laut auf: »Nea, wo steckst du?«

Das Mädchen war verschwunden. Maria rannte über die Straße. Just in diesem Moment kam ein Kleinlaster angerast und hupte laut.

16

No Vuelvas María
Alfredo de Angelis & Carlos Dante

Die Unfallstelle befand sich in der Nähe des Eisernen Tors, so nennt man einen Taldurchbruch der Donau durch Felsgebirge in den südlichen Karpaten. Bevor flussabwärts ein Stausee gebaut wurde, war es die engste Stelle der Donau mit starken Strömungen und Stromschnellen und daher nur schwer befahrbar. Der Staudamm wurde in den 1970er gebaut und erhöhte den Pegel der Donau an dieser Stelle um 30 Meter. Der Stausee ist sehr groß, zieht sich 120 km hin und reicht fast bis Belgrad.

Wegen der steilen Felswände ist die Donau an dieser Stelle auch heute nicht viel breiter als vor dem Dammbau. Obwohl die Felswand weiß aussieht, handelt es sich nicht um Kreidefelsen, wie in England oder auf Rügen, sondern um Jurakalkstein. An einigen Stellen sind die einzelnen Schichten mehrere Meter hoch. Dort wo mein Unfall passierte, bilden die Steinschichten einige Plateaus, auf denen sich Vegetation ausbreitet.

Der Kleinlaster raste weiter, ohne anzuhalten. Maria war verschwunden. Hatte der Laster sie von der Fahrbahn gedrückt und diese vermaledeite Stelle ein oder womöglich zwei weitere Opfer gefordert?

Ich rannte über die Straße. Hinter der Leitplanke hockte Maria.

»Der Raser ist weg. Ist dir etwas passiert?«

»Nein, alles gut.« Sie stand auf und putze sich den Staub von der Kleidung. »Wo zum Donner ist meine Kleine?«

Maria kletterte über die Planke und rannte in Richtung des geparkten Autos. Ich folgte ihr. Ein paar Meter weiter entdeckten wir die Kleine. Sie hatte wohl einen interessanten Gegenstand mit ihrem Fernglas erspäht und war den Abhang hinuntergeklettert. Das Klettern an der steilen Wand ist schwierig und eigentlich ist niemand so dumm, die Gefahr auf sich zu nehmen. Zwar gab es immer wieder kleine Stufen, doch kann sich ein normalwüchsiger Mensch kaum festhalten und es ist nur eine Frage der Zeit, bis man sein Gleichgewicht verliert und abstürzt. Nea war mit ihren sechs Jahren jedoch klein und gelenkig. Aufgrund ihrer Größe und geringen Gewichts hatte sie sich von Felsstufe zu Felsstufe seitlich weiter gehangelt. Auch war sie nicht abgestiegen, wie ich das am Unfalltag versucht hatte, sondern hatte sich seitwärts bewegt und war jetzt schon fast auf Höhe des Baumes angelangt. Maria war entsetzt und fluchte – auf Rumänisch. Erst leise vor sich hin, dann laut. Ich sah bereits nicht nur mein Auto unten am Fluss liegen, sondern auch Marias Tochter tot daneben. Schließlich brüllte Maria. Ich sah, wie Nea sich vor Schreck umdrehte, dann nach unten sah und kreidebleich wurde. Sie wollte zurück, setzte ihren Fuß, ohne hinzusehen und blieb in einer Felsspalte stecken. So stand sie da und man sah förmlich die Angst in ihr aufsteigen. Sie schrie etwas, was ich nicht verstand, aber wusste, was sie gemeint hatte, nämlich ›Mama, ich sitze fest‹ oder ›mein Fuß ist eingeklemmt‹. Dann heulte sie los. Was um Himmelswillen hatte die Kleine angelockt? Warum war sie dorthin geklettert? Auch machte ich mir in dem Moment Vorwürfe. Es war eine Schnapsidee gewesen, erneut dorthin zu fahren. Obwohl, die beiden hätten sich die Stelle auch ohne mich angesehen. Doch dann wäre Maria nicht abgelenkt gewesen.

Nun war sie verzweifelt. Als sie zu heulen begann, nahm ich sie in die Arme. Zwar hatte ich keine Ahnung, wie ich Nea helfen konnte, doch ich redete beruhigend auf Maria ein. Ich musste etwas unternehmen, musste helfen, schließlich hatte sie mir auch geholfen. Auf die Polizei konnte ich verzichten. Daher sagte ich zu Maria, ich würde jetzt absteigen und die Kleine holen. Sie meinte, ich würde doch nur abstürzen oder festsitzen und schimpfte erneut, zu Recht.

In einem Anfall von Größenwahn oder was auch immer, versuchte ich zu Nea abzusteigen. Dies hatte ich nach dem Unfall schon mal versucht und damit den endgültigen Absturz des Autos ausgelöst. Doch diesmal glaubte ich, schlauer zu sein, ging ein Stück die Straße runter, prüfte mehrere Stellen. Schließlich entschied ich mich, den Weg zu nehmen, den Nea geklettert war. Doch ich kam nicht weit. Zwei Meter lang konnte ich mich mit den Händen an der Kante festkrallen, dann war Schluss. Ein schmaler Absatz von weniger als 8 cm reichte für meine breiten Füße nicht. Nea, mit ihren Füßchen war hier grazil drüber spaziert. Jetzt saß ich fest und konnte weder vor noch zurück.

Maria hatte alles verfolgt und schrie: »Du Idiot! Was für eine blöde Idee!«

Eine Weile war es still. Nea weinte. Ich schwieg. Maria schimpfte leise vor sich hin. Dann schrie sie, sie würde die Polizei rufen. In mir stieg Panik auf. »Bitte nicht diese korrupten Bullen!«, brüllte ich. Maria antwortete: »Hat der feine Herr vielleicht eine bessere Idee?«

»Deine Oma hat dir ja sogar deutschsprachige Ironie beigebracht!«

»Ach, ich kann auch auf Rumänisch fluchen. Frag meinen Mann. Er wird es dir bestätigen. Mit Furie Maria ist nicht zu spaßen. Oder frag den Rezeptionisten. Den habe ich heute auch zusammengebrüllt.«

Wir schwiegen eine Weile. Ich grübelte. Immer war ich stolz auf meine Assoziationsketten gewesen. Doch in dieser Situation herrschte blanke Panik. Eine falsche Bewegung und ich würde meinem toten Auto Gesellschaft leisten.

Wie war ich beim letzten Mal aus so einer Zwickmühle herausgekommen? Es war auf Malta. Kurz vorm Studienabschluss
wollte Petra in einem nativ englischsprachigen Land ihre
Sprachkenntnisse verbessern und wünschte sich nebenbei Son-
nenschein und Badewetter. So landeten wir auf Malta. In der
ersten Woche nutzten wir die Busse, die sternförmig vom zent-
ralen Busbahnhof in Valetta in jeden Winkel der Insel fuhren,
aber nicht im Kreis oder zwischen den kleineren Städten. Je
näher man der Hauptstadt kam, desto länger staute sich der
Verkehr. Jeder, der mal auf Malta war, spottet über die Fahrkünste dort. Zwar ist offiziell Linksverkehr, jedoch fährt man –
zumindest sagen die Spottlieder das – gerne einfach dort, wo
Platz ist. Kurzum: Wir brauchten ewig, um an einen der wenigen Sandstrände zu kommen. Daher mietete ich mir ein kleines
Motorrad, eine 125er Yamaha. Dass ich keinen Motorradfüh-
rerschein hatte, interessierte niemanden. Mit der 125er fuhren
wir übers Land, auch an die Südküste, die sehr steil ins Meer
abfällt und nahezu unbewohnt ist, wenn man von den Kanin-
chen absieht. Dort gibt es archäologische Stätten, errichtet
mehrere tausend Jahre vor Christi Geburt. In diesen Kultstät-
ten verweilte ich gerne, denn von ihnen ging eine magische
Kraft aus. Die Kraft der Steine war genauso stark, wie die Kraft
der Sonne, die von Wolken unbeeindruckt von Aufgang bis
Untergang auf das grundwasserlose Inselchen nieder brannte.
Wir legten uns gerne in den Schatten hoher Kalksandsteinfel-
sen und liebten uns. Die Wahrscheinlichkeit einer Störung war
gering. Doch körperliche Liebe hatte bei meiner Freundin
immer einen starken Harndrang zur Folge. Normalerweise verschwand Petra nach dem Akt im Gebüsch. Doch Gebüsch gab
es auf Malta nicht, zumindest nicht im Süden an der Steilküste.
Also rang sie mir das Versprechen ab, mich ein paar Schritte zu
entfernen und sie selbst hockte sich hinter einen Felsvorsprung
einen Meter weiter. Nun wollte es der Zufall, dass sich in der
Nähe ein von Menschenhand vor Jahrtausenden in den Stein

geschlagener Tunnel befand. Neugierde trieb mich hinein. Der dunkle Weg gabelte sich. Das Licht am Ende des Tunnels war trügerisch. Ich erwartete ein Plateau mit herrlichem Blick aufs Meer. Was ich vorfand, war eine steil abfallende Rutschbahn, auf der sich schon mehrere Hintern verewigt hatten. Ich geriet ins Rutschen und kam tief unten am Meer heraus. Entsetzt vom Schreck, schrie ich laut, doch erhielt keine Antwort. Dann versuchte ich, den Tunnel hochzukriechen, hatte aber gegen die Steigung der Halbröhre keine Chance. Das Umwandern der Steilküste war ebenfalls sinnlos, denn sie zog sich Kilometer weit hin. Der permanente Seewind an dieser Stelle ließ alle Geräusche versiegen. Es gab nur Meer, Sand und mich. Noch nie im Leben habe ich so viele Schattierungen von Braun und Ocker gesehen, wie dort auf Malta. Als ich mir meiner Lage bewusst wurde, überfiel mich eine Flut der Angst, die sich wie eine Kühldecke über mich legte. Ich fing bei mehr als 30° Celsius an zu zittern. Plötzlich sah ich Petra oben auf den Felsen herumlaufen, offensichtlich mich suchend. Ich schrie und winkte. Sie hörte und sah mich nicht. Dann tauchte sie ab und schon bald an einer anderen Stelle wieder auf. Ich glaubte schon an eine Fata Morgana oder an Halluzinationen, glaubte ihren Geist oben herumirren zu sehen.

Da ich jetzt diese Geschichte erzähle, bin ich auch damals heil davon gekommen. Ich fand einen Aufstieg, weil ich aufhörte, eine Lösung erzwingen zu wollen. Frustriert setzte ich mich auf den Boden, legte meinen Kopf auf die gekreuzten Arme und starrte auf den Boden. Als ich wieder hochschaute und den Hang fokussierte, konnte ich einen Kletterpfad erkennen. Oben angekommen, war Petra die Verzweiflung ins Gesicht geschrieben und sie heulte den ganzen Weg zurück. Sie gab mir die Schuld, ich ihr. Zwar flogen wir zusammen zurück, trennten uns aber bereits am Zielflughafen. Dass wir später heiraten würden, wussten wir damals noch nicht.

Man bräuchte klebende Schuhe oder einen Siemens-Lufthaken (ein Gag aus meiner Jugend) oder ein Seil, schoss es mir durch den Kopf. Die Assoziationskette funktionierte doch noch. Wie aus heiterem Himmel kam der rettende Einfall.

»Maria!«, schrie ich, »Tina, die Tangotänzerin war eine sehr gute Kletterin. Das hat sie mir vor ein paar Tagen erzählt. Im Bootshaus liegen jede Menge Seile. Fahr zum Hotel, such Tina Warnke. Erklär ihr unsere Situation. Sie soll sportliche Klamotten anziehen. Hol die Seile aus dem Bootshaus und komm mit Tina hier her. Sie wird uns retten. Deine Tochter zuerst.«

Entgegen meinen Erwartungen kam von oben nur ein »Okay!«. Wenig später sprang der DACIA an und das Auto sauste in Richtung Hotel davon. Ich konnte nichts tun. Aber ich musste Nea bei Laune halten.

»Nea, kannst du mich hören?«

Sie antwortete. Ich verstand es nicht. Egal.

»Nea, kennst du das Märchen vom Rumpelstilzchen?«

Zurück kam ein »Nu«. Ein dunkler Vokal, heißt wohl ›Nein‹, dachte ich.

»Okay, ich erzähl es dir. Es war einmal ein Müller, der war arm, aber er hatte eine schöne Tochter. …«

Der Anfang ist einfach. Ich glaube, ich habe aus dem Märchen eine ganz andere Geschichte gemacht. Zum Schluss machten mir die unzähligen Lügen sogar Spaß. Immer, wenn ich in der Erzählung stockte, hörte ich vom Mädchen einen Laut, den ich als ›und weiter?‹ interpretierte. Kurz vor dem Ende der Erzählung quietschten oben auf der Straße die Bremsen. Dann gingen zwei Türen auf und knallten wieder zu. Anschließend wurde der Kofferraumdeckel geöffnet. Ich hörte zwei mir bekannte Stimmen. Maria fragte: »Nea ist alles gut?«

»Da!«, kam es zurück.

»Felix Müller, was machst du für einen Blödsinn?«, fragte Tina.

»Ich bin nicht wichtig. Die Kleine da unten – sie kann nicht umkehren.«

Tina schaute sich den Abhang an. Dann hörte ich sie fluchen.

»Felix, du glaubst doch nicht im Ernst, dass ich da runter klettere.«

»Doch! Du hast gesagt, dass du klettern kannst.«

»Ich konnte es. Betone: KONNTE.«

»Ist wie Schwimmen, das verlernt man nicht. Wenn du die Kleine nicht rettest, kann ich nachher nicht mir dir tanzen, wo du doch die beste Tanguera von Welt bist.«

Im Gedanken fügte ich hinzu: ›und wenn du sie rettest, darf ich trotzdem das Hotel nicht betreten, also auch nicht mit dir tanzen‹.

»Na, das kannst du mir heute Nachmittag beweisen. Jetzt rette ich erstmal die Kleine. Ich befestige das Seil hier oben an der Leitplanke und dann steige ich zum Mädchen runter!«

Erst jetzt, wo Tina es erwähnte, fiel mir auf, dass es fast an der ganzen Strecke Leitplanken gab, doch ausgerechnet dort, wo ich gehalten hatte nicht. Na ja, sonst hätte ich dort auch nicht gehalten.

Jeden weiteren Schritt kommentierte Tina in gleicher Weise und beruhigte damit nicht nur Nea und Maria, sondern auch sich selbst. Als sie bei der Kleinen angekommen war, knotete sie das Seil um ihre Brust und versuchte, den Fuß des Mädchens frei zu bekommen, was sie mit Stöhnen kommentierte. Als Nea endlich frei war, stellte Tina sich auf einen etwas größeren Felsvorsprung in der direkten Nähe zur Kleinen. Sie wählte den Platz so, dass sie sich festhalten konnte. Dann löste sie das Seil und band es um die Brust des Kindes. »Jetzt kannst du vorsichtig ziehen«, rief sie nach oben und zeigte Nea gleichzeitig, wie sie sich mit den Füßen abzustützen hatte. Zentimeter für Zentimeter erklomm die kleine Bergsteigerin die Anhöhe. Oben angekommen, rannte Nea schluchzend ihrer Mutter entgegen. Beinahe verhedderte sie sich dabei mit dem Seil und wäre um ein Haar gestürzt. Doch Maria war zur Stelle geeilt und zog ihre Tochter zu sich hoch, drückte das kleine Mädchen ganz fest und murmelte etwas, was ich nicht verstand. Es war jedenfalls kein Deutsch. Nea schluchzte vor Freude. Dann erst löste sie das Seil und warf es den Abhang hinunter. Tina ergriff das Seil und schwang sich mit einem geschickten Sprung in Richtung des angekokelten Baums weiter. Es schien ihr Spaß zu machen, am Hang wie eine Bergziege herum zu hüpfen. Diese Frau war älter als ich, aber fit wie eine Zwanzigjährige. Ihre Beweglichkeit und Gelenkigkeit waren wohl dem Tango zu verdanken. Ich stand derweil auf meinem winzigen Absatz und schaute gegen den Fels, denn nach unten zu schauen, hätte mich schwindelig gemacht.

»Felix, ich hab was gefunden!«, schrie Tina.

»Was denn?«

»Das wird dich freuen. Sehr sogar.«

»Ich brauch den Beifahrerspiegel nicht mehr«, spottete ich.

»Ich zeig es dir, wenn ich wieder oben bin. Aber vorher schau ich mich hier nochmals genau um.«

Eine Weile war Tina still. Ich belauschte das Gespräch zwischen Mutter und Tochter. Ich verstand es nicht, aber ich konnte mir denken, worum es ging: Maria: ›was hast du da gesucht?‹ Nea: ›Ach Mama, da lag etwas Glitzerndes. Das habe ich mit meinem Fernglas gesehen.‹

Maria: ›und was war das?‹

Nea: ›ich glaube, das hat Rumpelstilzchen verloren.‹

Maria: ›Rumpelstilzchen?‹

Eine Bitte von Tina erlöste mich aus meinen Phantasien. »Maria, ich komm jetzt hoch. Bitte achte auf das Seil. Es darf nicht nachlassen!«

»Mach ich!«

Ich hörte das Seil gegen den Fels schlagen, dann Schuhe stapfen, nur unterbrochen von lautem Gestöhne. Jeder, der schon mal versucht hat, sein eigenes Gewicht zu stemmen, kennt das. Zweimal musste Tina pausieren. Ich hörte ihr angestrengtes, schnelles Atmen. Als sie endlich oben war, schrie sie, noch völlig aus der Puste, zu mir herunter: »Geschafft. Jetzt du!«

Dann sah ich das Seil wie eine Peitsche auf mich niederschwingen. Es traf mich am Kopf. Wohl eine gerechte Strafe für meine Sünden. Ich hatte keine Ahnung, wie man sich an einem Seil hochzieht. Deshalb wickelte ich es zuerst um meine Brust, dann fest um meine Hand und versuchte so zurückzugehen, wie ich gekommen war. Das Seil gab mir ausreichenden Halt. Es klappte.

Endlich oben an der Straße angekommen, bat ich um Wasser. Ich war durchgeschwitzt und völlig außer Atem.

»Der Herr ist auch nicht mehr der Fitteste«, spottete Tina.

Ich umarmte sie und flüsterte ihr »Danke. Du hast einen Wunsch frei« ins Ohr.

»Na warte!«, kam es von Tina zurück.

Nea und ihre Mama waren heilfroh, dieses Abenteuer überstanden zu haben.

»Eigentlich wollten Nea und ich nur mal gucken und dann ein Eis essen. Doch meine Kleine hatte andere Pläne. Felix, was hast du ihr erzählt, als ich weg war?«

»Rumpelstilzchen!«

»Wie, das Märchen?«

»Ja!«

»Genial!«, sie lieb Märchen.

Jetzt kam Tinas große Stunde. »Felix, hier ist das Ding, das Nea mit dem Fernglas gesehen hat. Feierlich übergebe ich dir, trara!« Tina hatte die ganze Zeit eine Hand hinter ihrem Rücken versteckt gehabt, »Dieses silberne Ding. Es ist kein Spiegel!« In ihrer Hand lag mein Scheckkartenheftchen! Darin steckten EC-Karte, Kreditkarte, Personalausweis und Führerschein.

Jahrelang trug ich ein Leder-Portemonnaie bei mir. Es war schwarz. Oft hatte ich es verlegt und musste lange danach suchen. Als das Leder verschlissen war, kaufte ich eins aus Nylonstoff in Silber. Auf fünf Meter sichtbar. Dieser Stoff hatte die Mittagssonne gespiegelt und war Nea aufgefallen, weshalb sie heruntergeklettert war, um den Schatz aufzuheben.

»Puh! Das ist ja gerade noch mal gutgegangen. Ich lade euch jetzt alle zum Mittagessen ein.«

»Nein, wir möchten nicht essen gehen«, wendete Maria ein, »meine Mutter hat gekocht. Sie wäre enttäuscht. Doch es wird auch für zwei Leute mehr reichen. Ich schlage vor, wir fahren jetzt alle zu uns nach Hause und ihr beide esst mit uns.«

Tina schaute auf die Uhr. »Sorry, aber das geht nicht. Bald fängt der Tango-Workshop an. Daran möchte ich unbedingt teilnehmen und ihn brauche ich auch dafür«, dabei legte Tina ihren Arm um mich. Ich wandte mich an Maria: »Es wäre ganz lieb, wenn du uns beim Hotel absetzen könntest und eventuell diesem komischen Typen von Rezeption reden könntest, dass ich mit reindarf?«

»Wieso? Felix durftest du nicht rein?«, fragte Tina.

»Hab ich dir doch heute Vormittag erklärt!«

»Nein, mir nicht.«

Klar, ich hatte es Maria, nicht aber Tina erklärt. »Er hat mich rausgeschmissen, vor die Tür gesetzt, weil ich schmarotzt habe.«

»Schmarotzt. Das Wort kannte ich noch nicht. Schma-rotzt. Okay, steigt ein«, bat Maria.

17

Bailongo De Los Domingos
Ricardo Tanturi & Alberto Castillo

Am Hotel angekommen stürzte Maria gleich zur Rezeption. Allerdings nahm sie Nea an die Hand. Ob sie jetzt mehr Angst um ihre Tochter hatte oder ob Nea sie vor dem übergriffigen Rezeptionisten schützen sollte, bekam ich erst mit, als auch ich ins Haus trat. Maria fauchte den Typen an und hielt dabei das Mädchen im Arm. Nea war kurz davor zu loszuheulen. Als der Rezeptionist mich sah, winkte er mich herbei. »Kommen Sie, kommen Sie. Sie können Zimmer 12 haben. Darf ich zur Anmeldung um ihren Ausweis und zur Absicherung um ihre Kreditkarte bitte?«

Ich öffnete ostentativ die silberne Mappe, zog die geforderten Karten heraus und reichte sie ihm. »Sie können beides gleich wieder abholen. Hier ist der Schlüssel für Zimmer 12.«

»Danke, doch ich warte gerne hier, bis ich meine Karten zurückhabe. Ich bin sehr darauf bedacht, gut auf sie aufzupassen.«

Mit saurer Miene machte er sich an die Arbeit, während Maria sich verabschiedete. »Wie sehen uns heute Abend. Dann können wir in Ruhe abrechnen. Ich werde vorher die Chefin anrufen und fragen, was ich für das Zimmer verlangen soll. Bis nachher!«

Schon war sie aus dem Raum und nur wenig später hörte man den Anlasser des altersschwachen Motors.

Nachdem ich Kreditkarte und Ausweis zurückhatte, gingen Tina und ich auf die Terrasse und sie orderte das Tagesgericht. Ich hatte richtig Hunger, doch Tina meinte, ich solle nicht so viel essen, dann könne ich im Anschluss nicht tanzen. Und Alkohol sei Gift beim Tango. Besser sei Wasser ohne. Ich pfiff auf ihre Ratschläge und bestellte eine schöne Pizza, nahm aber ein alkoholfreies Bier dazu.

Beim Essen rekapitulierten wir die Ereignisse des Vormittags. Ich erzählte ihr von meinem Einbruch im Bootshaus und dass ich dort die Seile entdeckt hätte. Sie schilderte blumig, wo sie mich überall gesucht hätte, bevor sie an diesen Typen von der Rezeption gelangt sei. Ein widerlicher Mann, der sie gleich angebaggert hätte. Dann sei Maria auf die Terrasse gestürzt gekommen, hätte ihren Namen gerufen und sich in der Beschreibung der Vorfälle überschlagen. Einem kleinen Mädchen sei etwas passiert und sie bräuchte Hilfe von einer Kletterin. Den Namen Felix hätte sie erst im Auto genannt. Sie sei zwar, was das Klettern angeht, etwas aus der Übung, doch Klettern sei wie Schwimmen.

»Sag Tina, wo hast du klettern gelernt?«

»Das war so: Zu Beginn des Studiums zog ich in eine sehr kleine Wohnung, nur bestehend aus einem Zimmer, einer winzigen Küche, Typ Arbeitsplatte aus weißen Resopal und einem Klo mit Badewanne. Waschmaschine gab es nicht, ich ging in den Waschsalon. Die Heizung war alt, die Fenster groß und nur einfach verglast. Ich hab gefroren wie ein Italiener am Nordpol. Doch die Selbstständigkeit tat mir gut. Wie meine Eltern ging ich am Wochenende gerne wandern. Oft konnte ich eine Kommilitonin überreden. Wenn nicht, nahm ich das Mountainbike und fuhr allein. Im Herbst beobachtete ich dabei mehrere junge Männer beim Freihandklettern. Ich blieb staunend stehen und schaute mir das Spektakel an. Es dauerte nicht lange, bis mich einer von ihnen ansprach und mir die Prinzipien des Kletterns erklärte. Ich schaute den halben Nachmittag zu. Als ich mich verabschiedete, tauschten wir unsere Telefonnummern. Am folgenden Wochenende rief Ansgar, derjenige, der sich in mich angesprochen hatte, an. Er fragte mich, ob ich Lust hätte mitzukommen. Natürlich wollte ich. Doch ich hatte nur schwere Wanderschuhe und Klamotten, die praktisch und regenfest waren. Zum Klettern ist diese Art der Kleidung ungeeignet. Daher organisierte Ansgar für mich ein paar Kletterschuhe, einen Helm und eine enganliegende Hose. Ich weiß bis heute nicht, wo er sie geklaut hat. Vielleicht hatte seine Freundin sie bei ihm vergessen. Am Sonntag in der Früh machten wir uns auf den Weg ins Mittelgebirge. An einer zum Üben geeigneten Steilwand, sie war vielleicht vier Meter hoch, wollte er mir das Klettern beibringen. Nachdem er das Seil oben an einem Haken festgemacht hatte, versuchte ich mein Glück. Beim ersten Versuch kam ich gerade einen Meter hoch, beim zweiten und dritten nicht viel höher. Jedes Mal musste ich von Ansgar aufgefangen werden. Er tat es, als sei ich ein Fliegengewicht. Danach gab ich entkräftet auf. Doch bereits am Montag fing ich ein Training an und kräftigte meine Armmuskeln, indem ich mit 1,5 Liter Waschmittel- und Weichspülerflaschen durch den Park joggte, was billiger als ein Fitnessstudio war. Am darauf folgenden Sonntag schaffte ich ganze drei Meter Höhe am Fels. Bald schon kam ich flinker die Wand hoch, als er.«

»Lang ist es her, aber Tango scheint dich fit zu halten. Du kannst noch klettern. Hochachtung!«, lobte ich sie.

Um kurz vor drei Uhr wartete ich bereits im Saal, während Tina ihre Tanzschuhe holen ging. Mein Schicksal hatte sich in Windeseile herumgesprochen. Bald stand ein Kreis von Tango-Leuten um mich herum und horchte meinen Schilderungen. Ich war kein Aussätziger mehr und nutzte die Chance. »Carlos, ich würde gerne auch am jetzt folgenden Workshop mit Tina zusammen teilnehmen und kann jetzt auch dafür zahlen. Für die beiden anderen Kurse auch. So kann Tinas Tanzpartner Matthias sein Geld zurückerhalten und ich steh nicht länger als Schmarotzer da.«

»Da können wir drüber reden. Wo wohnst du überhaupt? Willst du nicht bei uns im Kurs tanzen?«

»Ich komme aus Norddeutschland. Berlin ist 200 km weg. Und woher kommt ihr?«

»Hat Tina dir das nicht erzählt? Ihr klebt doch seit ein paar Tagen wie Kletten zusammen.«

»Nein, das hat sie nicht. Sie hat mir ein paar grundlegende Sachen über den Tango erklärt – mehr nicht.«

»Du bist an eine gute Tänzerin geraten. Wir kommen aus Frankfurt.«

»Schade, dort werde ich in Zukunft höchstens mal als Gast auftauchen.«

Tina kam zusammen mit Flavia und Ricardo. Sie hatte geduscht, sich umgezogen, trug eine Jeans und ein Satin-Top. Ihre Haare dufteten wie ihre Haut nach Rose. Die Argentinier zeigten beste Laune, die sich auch im ersten Musikstück manifestierte. Es war ein moderner Tango. Hätte man mich ein paar Tage vorher gefragt, hätte ich Jazz gesagt. Wir tanzten uns warm. Ich war müde und Tinas Muskeln schmerzten von der Anstrengung der vergangenen Stunden. Nach Ende des Stücks leitete uns Flavia zu ein paar Gymnastikübungen an. Sie sagte, die würden wir für die folgende Lektion brauchen können. Ricardo diskutierte derweil mit Carlos. Ich glaubte, es ginge um den versäumten Workshop vom Freitag, doch hatte Ricardo eine Überraschung für uns parat. Der Workshop sei für Fortgeschrittene ausgeschrieben. Weil sich aber gestern einige Männer, über die schwierige Folge moniert hätten, würde er heute quasi zwei Themen parallel anbieten. Zuerst immer ein einfaches Thema, dann für die wirklich Fortgeschrittenen die Volcada. Ich meldete mich für die weniger komplexen Schritte. Tina natürlich für die Volcada. Ricardo stutzte. Damit hatte er nicht gerechnet und schaute sich nach anderen Paaren mit getrennter

Meinung um. Es gab ein weiteres Paar und schon hatte er die Idee, zu tauschen. Der andere Herr war einverstanden und ich erhielt Renate als neue Tanzpartnerin zugewiesen. Tina kam kurz zu mir und tröstete: »Wir tanzen heute Abend zusammen.«

Ich nahm es gelassen. Nach den Ereignissen des Tages konnte mich nichts mehr schocken. Der erste gemeinsame Tanz mit Renate zeigte meine Führungsschwächen eiskalt auf. Doch weil ich es besser konnte und auch merkte, wo meine Führung nicht präzise genug gewesen war, besserte ich mich schnell und meine Partnerin war zufrieden mit der Entscheidung. Ricardo und Flavia zeigten uns Sacadas, die ich bereits am Vorabend während der Show bewundert hatte. Er wählte als Basis eine nicht ganz einfache Variante, nämlich den Linkskreis. Auch dieses Schreckgespenst vieler Tänzer kannte ich nicht. Ricardo sah meine Schwierigkeiten und wiederholte die Figur. Das machte er so gut, dass es sogar mir als blutiger Anfänger gelang, die Abfolge nach zu tanzen. Später musste ich feststellen, dass es nicht allein mein Können gewesen war, sondern Renate, die Folge ebenfalls auswendig gelernt und mir das Leben damit einfacher gemacht hatte. Ich übte weiter. Gegen Ende der Doppelstunde konnte ich nicht nur den Linkskreis, sondern auch die Sacadas. Dazu hatte ich während einer Moulinette der Partnerin meinen Fuß im richtigen Moment in ihren Schritt zu stellen, ohne sie dabei umzureißen oder selbst zu stolpern. Einige Monate später brauchte ich zum erneuten Lernen mehrere Stunden.

Tina hatte in der Zwischenzeit die Volcada geübt. Eine Figur, bei der sich beide Tanzpartner gegenseitig abstützen, also oben berühren und unten viel Abstand zueinander haben und dabei wechselseitig den freien Fuß kreisförmig bewegen. Man muss das sehen, man kann es nicht gut beschreiben. Jedenfalls war Tina glücklich, denn ihr war es gelungen, diese Figur abwechselnd zur Linken und zur Rechten auszuführen, und zwar in der Rolle der Geführten, als auch mit Flavia als

Partnerin als Führende.

Vor dem Abendessen war noch Zeit. Ich war erneut nassgeschwitzt, doch diesmal hatte ich ein Zimmer mit Dusche und Toilette und einem wunderschönen Ausblick auf die Donau, die an diesem Nachmittag stahlblau strahlte. Nach einer Dusche huschte ich unter die Bettdecke und schlief sofort ein.

18

Ella Es Así
Edgardo Donato & Horacio Lagos

Als ich erwachte, war es bereits dunkel. Erneut musste ich mich in den einzig verbliebenen Satz Wäsche zwängen und nahm mir vor, zunächst den Bootsschuppen nach geeigneten Kleidungsstücken abzusuchen. Auf dem Weg dorthin fing mich Tina ab.

»Tina, es ist Sonntag. Leider kann ich heute keine Unterwäsche kaufen gehen. Aber morgen, bevor ich nach Bukarest fahre, kaufe ich ein.«

»Was willst du denn in Bukarest? Arbeiten?«

»Nein, einen neuen Pass holen.«

»Felix, guck mal in dein Portemonnaie!«

»Hey, stimmt ja. Ich habe alles. Bis auf Laptop, Smartphone, Uhr, Klamotten und Auto natürlich.«

»Was vermisst du in diesem Moment am meisten?«

»Frische Wäsche und ein neues Hemd.«

Tina hielt ihre Hände als Trichter vor ihren Mund und brüllte: »Hey Männer! Der Felix hier, ihr wisst inzwischen alle, wie er gestrandet ist, braucht frische Wäsche. Schätze Größe 7 oder XL und ein Hemd, wahrscheinlich so um die 40. Wer kann aushelfen?«

Niemand meldete sich. Alle hatten Angst um ihre Wäsche. Renate schupste ihren Mann an, flüsterte ihm ins Ohr. Er nickte und meldete sich.

Günters Klamotten passten wie angegossen. Ich fühlte mich neugeboren. Zurück auf der Terrasse spendierte ich Günter einen Zwetschenschnaps und bestellte selbst ein Baguette mit Käse und Tomaten. Ich hatte schon wieder Hunger. »Wie kommst du jetzt nach Hause?«, fragte Günter.

»Ich weiß es nicht. Noch nicht. Werde mich mal morgen nach Zugverbindungen erkundigen, denn ich habe Angst vorm Fliegen. Könnte natürlich auch einen alten DACIA kaufen. Doch wie lässt man den hier zu?«

»Komm doch morgen früh mit uns nach Temeswar. Im Bus ist bestimmt noch ein Platz frei.«

»Wirklich? Was wird Carlos dazu sagen?«

»Ich frag mal...« Günter ging kurz zu Carlos rüber, der im Saal die Musikanlage für die Milonga vorbereitete. Carlos nickte. Günter kam zurück. »Geht klar, wenn du ein paar Euro ins Sparschwein wirfst. Von Temeswar kannst du mit dem Zug nach Wien und dann mit dem Nachtzug weiter nach Hause. Unser Flug geht um ein Uhr. Recherchiere am besten heute noch die Verbindung.«

Ich bedankte mich bei Günter für diese Möglichkeit und wollte mich auch gleich um die Zugverbindungen kümmern. Dazu brauchte ich einen Internetzugang. Mir fiel der PC in der Rezeption ein. Als ich die Treppe hochging, hörte ich von oben eine mir wohl bekannte Stimme. Es war der jüngere Polizist. Vorsichtig lugte ich um die Ecke, wollte nicht gesehen werden, aber selber sehen. Hinter dem Rezeptionstresen stand Maria. Sie musste ihren Dienst gerade angetreten haben. Just in diesem Moment reichte der Polizist ihr einen Umschlag. Sie schaute kurz hinein, nickte und bedankte sich.

Ich war völlig durcheinander, ging sofort wieder an den Gemeinschaftsraum vorbei aufs Klo. Mir war schlecht. So schlecht, dass mir das Essen hochkam und ich kotzen musste. Immer wieder lief die Übergabe des Kuverts vor meinem geistigen Auge ab. Wie viel Geld hatte er ihr zugesteckt? Und wofür?

Warum hatte Maria am Donnerstag eigentlich die beiden Polizisten herbeigerufen und nicht die zuständige Polizeistation informiert? Gab es womöglich eine Absprache zwischen den beiden? So von wegen, ich schanze dir potentielle Opfer zu, Hotelgäste, bei denen irgendetwas auffällig erscheint und du bezahlst mich, abhängig vom Erlös. In meinem Fall war es nur eine Smartwatch, die am Schwarzmarkt vielleicht 50 Euro bringen würde. Soll ich Maria zur Rede stellen oder so tun, als hätte ich nichts gesehen? Oder soll ich Maria heute meiden und morgen in aller Herrgottsfrüh meine Schulden bezahlen und dafür Tina jetzt um ihr Smartphone bitten? Wobei, ihr Smartphone verleiht frau nicht. Wird Maria mich morgen bei der Abrechnung übers Ohr hauen? Fragen über Fragen rauschten in meinem Kopf herum.

Als ich in die Rezeption trat, war niemand da. Ich rief leise nach Maria. Kaum hatte ich ihren Namen ausgesprochen, kam sie aus dem Nebenraum. »Da bist du ja. Ich habe die Chefin gefragt. Das Bedienstetenzimmer geben wir dir für die Hälfte eines normalen Zimmers. Von Donnerstag auf heute sind das 3 Nächte. Dann hattest du quasi Vollpension. Die Schnäpse hat Tina bezahlt. Die Telefonate gehen aufs Haus. Ich brauche dann nochmals deinen Ausweis. Für den Rest habe ich schon eine Rechnung erstellt. Du zahlst mit Karte? Na ja, anders geht es ja auch nicht bei dir.«

»Maria, Danke. Hier mein Ausweis und hier meine Kreditkarte.« Ich reichte ihr die beiden Plastikkärtchen. »Ich habe noch eine Bitte. Ich würde gern ein paar Zugverbindungen recherchieren. Darf ich kurz an den Computer?«

»Warte, ich muss nur den Nutzer auf Gast wechseln.« Sie ging in den Nebenraum und tippte auf der Tastatur herum. »Sag mal, hattest du die Mail von meiner Arbeitskollegin gelöscht, die sie am Donnerstag an die Hoteladresse geschickt hat?«

»Nein. Der Eintrag war auf einmal weg, nachdem ich den Nutzer gewechselt hatte. Habe mich auch gewundert. So bitte, hier ist der Browser.«

Beim letzten Mal hatte sie nicht so viel Umstand um den angemeldeten User gemacht – oder doch? Hatte die Nachtschicht ihr am nächsten Morgen Vorwürfe gemacht? Erneut Fragen über Fragen. Irgendwie hatte sich die frühere kumpelhafte Atmosphäre zwischen Maria und mir aufgelöst. Ich war jetzt ein Gast, wie jeder andere, nur dass wir uns duzten. Ich schnappte mir einen Bogen Briefpapier und einen Stift, recherchierte die Zugverbindungen. Von Temeswar bis nach Hause brauchte die Bahn 24 bis 25 Stunden. Ich hatte die Möglichkeit morgens um 8 oder ab 15 Uhr zu fahren und müsste je nach Verbindung drei bis sieben Mal umsteigen. Mit dem Flieger wäre ich in 2 Stunden in Frankfurt. Ich recherchierte bei den gängigen Fluglinien. In der Tat war noch ein Platz im Flieger frei. Zwar kostete der Flug ein kleines Vermögen, jedoch war er immer noch günstiger als eine Bahnfahrt erster Klasse.

Ich hatte auf dieser Reise alle Höhen und Tiefen durchschritten, hatte nette Leute kennengelernt und Besitz verloren. Ich hatte Tangotanzen gelernt. Warum nicht auch noch die Flugangst überwinden? Es gab bestimmt ein Medikament oder ein Kaugummi dagegen, zu finden in der Apotheke oder im Regal vom Supermarkt und am Flughafen sowieso. Kurzerhand drückte ich auf ›Buchen‹.

Nachdem ich mein Ticket ausgedruckt hatte, wünschte ich Maria eine gute Nacht. Ich war immer noch skeptisch, wusste nicht so recht, ob ich ihr trauen konnte oder nicht.

»Wann fährst du? Oder anders gefragt, bist du morgen noch da?«, fragte sie.

»Ich fahre morgen früh mit der Tango-Gruppe.«

Marias Miene erstarrte. »Schon?«

Tina konnte es nicht glauben. Immer wieder fragte sie »Du wirst wirklich mit uns fliegen? Vielleicht können wir die Plätze tauschen und dann sitzen wir zusammen. Ist doch nur eine kleinere Maschine, mit zwei mal zwei Sitzen pro Reihe.«

Als ich den Ausdruck ›kleinere Maschine‹ hörte, kamen mir die Reste des Essens erneut wieder hoch. Ich fürchtete mich vor kleinen Maschinen, hatte auf eine Boeing 747 gehofft.

Als Oberstufenschüler war ich sehr technikaffin. Zwar war es die Zeit der ersten PCs, doch damals interessierten mich die Dinger noch nicht. Ihre Leistung war schwach und teuer waren sie zudem. Mich faszinierte Mechanik. Immer, wenn sich etwas drehte, war ich in meinem Element. Ich schaute mir Maschinen an, fotografierte sie und zeichnete sie auf Millimeterpapier maßstabsgetreu nach. Klar, dass mir einige Fächer zu langweilig waren. Im Religionsunterricht, beispielsweise, skizzierte ich einen Modellhubschrauber. Luft- und Raumfahrt waren mein Steckenpferd. Schließlich düsten jeden Tag Militärjets über unser Haus und das Space Shuttle war in aller Munde.

Mein Taschengeld ging vollständig für Basteleien drauf. Doch ich wollte fliegen lernen und dafür brauchte ich mehr Geld. Es war die Zeit des großen Hofsterbens in Niedersachsen. Wer in der Industrie Arbeit fand, verpachtete seine Ländereien, manche behielten ein Stückchen zum Anbau von Gemüse oder Kartoffeln. Meistens stand noch ein alter kleiner Traktor herum, der nur noch selten angeworfen wurde. Meine Eltern nutzen die Chance und pachteten die freiwerdenden Felder und bauten darauf Kartoffeln, Zuckerrüben und Grünkohl im großen Stil an. Wenn die Zeit der Ernte kam, konnte ich mir ein paar Mark dazuverdienen. Ich wurde genauso bezahlt, wie die Nachbarsfrauen, die bei uns – schwarz natürlich – ihre Haushaltskassen aufbesserten. Nachdem ich im Frühjahr beim Beackern der Felder geholfen hatte, radelte ich Himmelfahrt zu einem Sportflugplatz, 35 km entfernt. Ich brauchte fast zwei Stunden für eine Strecke. Doch die Anstrengung war es wert. Es gab einen Segelflugverein, der mit einer Winde Schulungssegler hochzog. Da es kaum Thermik gab, waren die Flieger nach 10 Minuten zurück. Auch waren Modellflieger anwesend und ließen ihre ferngesteuerten Modelle fliegen. Es gab sogar welche mit Wankelmotor. Mein Interesse galt aber den Motorflugzeugen, also Motorseglern und den einmotorigen Cessna, Beechcraft oder Piper. Sowas wollte ich fliegen. Die Kosten für eine Stunde mit einer solchen Maschine waren auch damals vergleichsweise hoch. Daher boten einige Piloten Rundflüge gegen Kostenbeteiligung an. Zwanzig Mark verlangte einer von ihnen für 30 Minuten. Er hieß Georg. Für die 20 Mark hatte ich in den Wochen vorher kräftig schuften müssen. Doch das war es mir wert. Zunächst erklärte Georg die Maschine: Zwei Pedale für das Seitenruder, das man beim Fliegen eigentlich nicht brauche und das Steuer für das Quer- und Höhenruder. Der Motor der kleinen Cessna war so laut, dass wir beide Kopfhörer tragen mussten, um uns verständigen zu können. Zum Start gab Georg Vollgas, erst passierte nichts, dann rumpelte die Kiste langsam los, um schneller, immer schneller zu werden. Mit vielleicht 130 bis 150 km/h zog er am Steuer und dann hob die Cessna ab. In der ersten Kurve der Platzrunde wurde mir sofort schlecht. Es war wie auf dem Rummelplatz. Man musste seinen Magen unter Kontrolle haben. Schon wenig später sagte Georg, ich solle übernehmen. Total verkrampft hielt ich das Steuer, traute mich nicht, eine Kurve zu fliegen. Er zeigte mir, was die Kiste aushielt, zog sie in eine sehr enge Linkskurve. Mein Magen rumpelte erneut. Dann probierte ich eine Rechtskurve. Es war geil! Der Pilot fragte, ob ich den Flugplatz sehen könnte. Mir fehlte jegliche Orientierung. Er lachte und führte den Flieger zur Landebahn zurück.

Der kleine Flugplatz mit Graspiste hatte ein Manko, die nicht ganz ebene Landebahn. Etwa in der Mitte gab es eine Senke, als würde ein ausgetrockneter Graben queren. Erfahrene Flieger kannten die Stelle und setzten in der Regel erst nach der Senke auf. So auch Georg bei meinem ersten Rundflug. Das Fliegen hatte mir großen Spaß gemacht. Ich wiederholte dieses Abenteuer, so oft ich es mir leisten konnte. Im Herbst radelte ich ein letztes Mal vor dem Winter zum Flugplatz. Es war sehr windig, doch warm und trocken. Ich kam später als sonst, hatte gegen den Wind ankämpfen müssen. Georg war nicht da, die Cessna weg. Ohne Rundflug wollte ich nicht zurückradeln und schaute mich nach anderen Maschinen um. Ich landete bei einer gelben Piper PA-18 Super Club, bekannt für ihr einfaches Fahrwerk, die Maschine hatte kein Bugrad. Jupp, der Pilot war jünger als Georg und ein Draufgänger. Er verlangte 15 Mark. Ich sagte zu. Gleich nach dem Start zog er die Maschine schnell hoch, wedelte zum Gruß mit den Flügeln. Gegen den heftigen Wind kam sie kaum an. Nach der obligatorischen Platzrunde durfte ich ein paar Minuten das Steuer übernehmen. Dann ging es langsam gegen den Wind zurück. Ich war davon ausgegangen, dass Jupp den Platz kannte und erfahren war. Doch bei der Landung setzte er viel zu früh auf. Kurz vor der Senke hob der starke Wind die Maschine kurz an. Jupp drückte das Steuer nach vorne, die Maschine setzte in der Senke auf, der Propeller berührte den Boden, der Motor schraubte sich in die Grasnabe, der Flieger überschlug sich und kam auf dem Rücken liegend zum Stillstand. Totalschaden. Zwar hielten die Gurte stand, doch der Aufprall war sehr heftig. Ein Arzt untersuchte mich. Ich hatte Prellungen und eine gebrochene Rippe. Sie tat wochenlang bei jeder Bewegung weh. Man telefonierte, meine Eltern holten mich ab. Auf der Rückfahrt baumelte mein Fahrrad im offenen Kofferraum. Ich fuhr nie wieder hin und stieg in keinen Flieger mehr.

19

Estampa De Varón
Juan D'Arienzo & Alberto Echagüe

Die Musik auf der Milonga legte Flavia auf. Sie machte das sehr gut. Abwechslungsreich. Eine Mischung aus Tango, Vals und Milonga, schweren getragenen und rhythmischen Stücken und schließlich auch ganz moderne Sachen. Carlos versuchte x-mal sie zum Tanzen aufzufordern, doch Flavia war in ihrem Element und gönnte ihm nur eine Runde. Tina schmiss sich Ricardo an den Hals. Die beiden tanzten bestimmt sieben Musikstücke lang. Ich stand erst allein in der Ecke und bewunderte Ralf, der reihum die Partnerinnen wechselte. Seine langen Haare hatte er zum Pferdeschwanz zusammengebunden, bei jeder Drehung wehte die Mähne im Kreis. Seinen Tanzpartnerinnen schien es nicht zu stören. Mich hätte das Knäuel am Kopf wahnsinnig gemacht. Er trug diesmal rot/weiße Tanzschuhe und nicht die sportliche Ausführung, die er bei den Workshops getragen hatte. Wie viel Paar Schuhe hatte er wohl?

»Tina, wie viele Paar Tanzschuhe hast du?«, fragte ich sie, nachdem sie mich aufgefordert hatte und wir am Tanzen waren. »So um die fünf. Wieso?«

»Und wie viele hat Ralf?«

»Keine Ahnung. Vielleicht drei oder vier. Und jetzt wird getanzt und nicht unterhalten.« Sprachs und baute viele Verzierungen ein, so dass unser Tanz toll aussah, obwohl ich ja nicht viel konnte. Später forderte ich Renate auf. Sie wollte unbedingt die Figuren aus dem Workshop wiederholen. Ich versuchte es. Doch es fiel mir schwer und wir mussten mehrere Anläufe nehmen, waren aber am Ende stolz auf uns. Jetzt hatte ich Lust bekommen und versuchte es auch mit Stefanie. Wie beim letzten Mal war der Tango mit ihr ein Erlebnis. Sie interpretierte meine Führung exakt und immer wenn ich eine Pause einlegte, nutzte sie die Zeit für Verzierungen.

Evi hingegen war von meinen Qualitäten enttäuscht oder es gelang mir nicht ihre Eigenwilligkeit zu brechen und sie machte, was sie meinte, dass sie machen müsste. Günter hatte uns beobachtet und nach dem Tanz kamen wir ins Gespräch.

»Und passt das Hemd?« Es war eine rhetorische Frage, denn ich hatte es an und jeder konnte sehen, dass es so passte, wie mir jedes Oberhemd der Größe 40 passte.

»Alles gut. Danke schon mal vorab. Ich schicke dir die Sachen, sobald ich wieder zu Hause bin. Hoffentlich gleich Dienstag in der Früh.«

»Hat keine Eile.«

»Wie lange tanzt ihr schon Tango und wie seid ihr auf diesen Tanz gekommen?«

»Renate und ich haben vor unserer Hochzeit, die inzwischen auch schon 30 Jahre her ist, einen Tanzkurs gemacht, um uns beim Hochzeitswalzer nicht zu blamieren.«

Ich musste schmunzeln. Das kam mir bekannt vor.

»Ein Jahr später haben wir weitergemacht. Bronze/Silber, Gold, Goldstar. Die übliche Abfolge an Kursen. Nur konnte man mit dem Wissen nichts anfangen. Es gab den Hochschulball, den Ball der Fleischerinnung und den Sportlerball. Aber immer tanzten die Leute nur Discofox, was überhaupt nicht mein Fall ist. Mit Cha-Cha-Cha und Jive waren wir schon die Stars des Abends. Nach dem Goldstarkurs haben wir aufgehört. Im Jahr 2000 waren wir dann auf der Expo in Hannover. Dort im argentinischen Pavillon haben wir zum ersten Mal einem Paar beim Tango zugeschaut. Der Tanz war so total anders. Unglaublich. Ein Jahr später bot jemand bei uns in der Stadt einen Kurs Tango Argentino an. Seitdem sind wir dabei. Nicht regelmäßig, aber immer wieder mal.«

»Günter, das ist über 20 Jahre her!«

»Jetzt, wo du es sagst!«

»Habt ihr noch Bekannte, die damals mit euch angefangen sind?«

»Nein. Von denen ist keiner mehr dabei und zu dem damaligen Tanzlehrer gehen wir auch nicht mehr. Weißt du, der war Feldwebel beim Bund und benahm sich beim Unterricht so, wie in der Kaserne. Es gab Tage, da fuhr Renate heulend nach Hause. Wir wechselten zu einem Tango-Verein in der Nachbarstadt. Dort geht alles sehr sozial zu. Man veranstaltet Práctica und ab und an kommt mal ein argentinisches Paar.«

»Seid ihr wegen Flavia und Ricardo hier?«

»Ganz genau. Wir haben Carlos per Zufall kennengelernt und sind jetzt auf seinem Verteiler. So erfahren wir immer von geplanten Reisen, auch wenn wir nicht bei ihm tanzen.«

»Na so was. Wer nimmt von den Leuten hier denn überhaupt Kurse bei Carlos?«

»Nur die Rentner, also Evi und Herbert und Alwine und Claas.«

Der Abend war schon sehr weit fortgeschritten, als ich Flavia um einen Tanz bat. Sie lächelte mich an und sagte dann auf Englisch, dass ich wohl noch nicht sehr lange Tango tanzen würde. Zwei Jahre vielleicht. Als ich ihr mit 3 Tagen antwortete, sagte sie, ich wolle sie verarschen. Ich verwies auf Tina. Nach unserem Tanz fragte Flavia Tina in der Tat und ich sah Tina nicken, worauf Flavia mir Applaus spendete. Der Tanz mit Flavia war unbeschreiblich. Unbeschreiblich anders, als mit den anderen Tänzerinnen. Ich hatte in meinem Arbeitsleben einmal Gelegenheit, einen Porsche zu fahren. Genau so kurvengierig und nervös am Gas ging der Tanz mit Flavia. Sie reagierte auf winzigkleine Bewegungen meiner Schulter oder Hände. Ich hatte große Mühe, ihre Begierigkeit zufrieden zu stellen. Das Schönste jedoch war, dass sie die Musik betanzte. An den rhythmischen Stellen der Musik ging sie im Takt mit und ich musste ihr taktmäßig folgen. In den dramatischen Passagen ließ sie ihren Emotionen freien Lauf. Ihre Mimik, ihr Ab- und Zuwenden war wirklich ein Spiegel des gesungenen Tangos, was ich aber erst herausfand, als ich viel später den Text nachlas.

Nach diesem Erlebnis ging ich aufs Zimmer.

20

Adiós Corazón
Osvaldo Pugliese

Am besten sortiert man seine Gedanken unter der Dusche. Bei mir klappt das jedenfalls. Unwichtiges wird abgewaschen, Hässliches schruppt man weg und der Rest wird sortiert. An jenem Abend kreisten viele Ereignisse in meinem Kopf herum.

Als ich aus der Dusche trat, klopfte es. Ich band mir das große Badetuch um die Hüften und öffnete. Es war Tina. Sie hatte eine Flasche Rotwein dabei. »Ich kann jetzt noch nicht schlafen«, sagte sie, »bin zu aufgedreht. Und du?«

»Ich hatte einen heißen Ritt mit Flavia und bin noch ganz durcheinander.«

»Den Tanz habe ich gesehen und gedacht, Donnerwetter, wie gut sich der Junge in drei Tagen gemacht hat.«

Während dieser Unterhaltung stand ich mit Badetuch bedeckt in der Badtür und Tina auf dem Flur.

»Komm herein und setzt dich irgendwo. Ich komme gleich«, sagte ich zu ihr.

»Reich mir mal die beiden Zahnputzbecher. Hier sind keine Gläser. Zum Glück hat die Flasche einen Schraubverschluss.«

Ich tat wie geheißen. Das Handtuch rutschte zu Boden. Es war mir egal. Nachdem ich mir die Haare trocken gerubbelt hatte, trat ich nur mit Handtuch um die Hüften ins Zimmer, wo Tina bereits den Wein eingeschenkt hatte und lasziv in einem

Sessel sitzend auf mich wartete. Meine Klamotten hatte sie auf das Bett geschmissen.

»Ich zieh mir nur kurz was an«, murmelte ich.

»Soll ich solange rausgehen?«

»Nicht nötig. Ich bin nicht der erste nackte Mann, den du siehst.«

Ich zog meine Wäsche und die Hose an, ließ Socken und Hemd weg. Es war warm genug im Zimmer. Weshalb war sie gekommen? Ich hatte ein paar schöne Tage erlebt und das trotzt der Demütigung am Donnerstag. Daher ließ ich Fragen, Fragen sein und tat so, als seien wir gute Freunde, die zum Abschluss einer Reise noch ein Glas Wein zusammen trinken.

»Tina, hast du viele interessante Leute beim Tango kennengelernt?«

Tina war nicht überrascht. Es war, als hätte sie die Frage erwartet.

»Ja, da gibt es viele.«

»Und wurdest angebaggert? Oder gibt es sowas beim Tango nicht?«

»Doch, doch. Mir ist das zum ersten Mal auf einem Tango-Festival in Spanien passiert. Ich war alleine da. Gleich zu Beginn der Milonga forderte mich ein Argentinier auf. Er war ausgewandert, weil er in Argentinien keine Zukunft sah. Bauingenieur von Beruf. Ja, genau, das war er. Er war verheiratet, hatte zwei kleine Töchter, doch das wusste ich an dem Abend nicht. Ich war in Madrid und dort in einem Lokal, das eine runde Tanzfläche hat und eine Empore, von der man auf die Tanzenden runtergucken kann. Die erste Tanda mit ihm war ganz nett, aber nichts Besonderes. Eine halbe Stunde später forderte er mich erneut auf. Mit den Augen, kennst du das eigentlich? Nein? Du guckst deinen Wunschpartner an, und zwar direkt in die Augen. Wenn dein Blick erwidert, gegebenenfalls mit einem Nicken bestätigt wird, gehst du hin. In der Regel, er zu ihr. Man trifft sich auf dem Parkett in der Nähe ihres Sitzplatzes und beginnt den Tanz, ohne Worte. Nach dem ersten Stück kann man seinen Namen nennen. Manche plauschen ein wenig. Die meisten Tangueros tanzen nur einmal mit einer Frau an einem Abend. Jedenfalls, als er mich das zweite Mal aufforderte, wusste ich, dass er mehr von mir wollte, zumal er längst ausspioniert hatte, dass ich ohne Partner da war. In dieser Tanda gab er sich richtig Mühe und präsentierte mich stolz dem Publikum. Seht her, ich führe die schönste Tanguera des Abends. Es hat richtig Spaß gemacht, so in Szene gesetzt zu werden. Manche Tänzer wollen nur ihr Ding durchziehen, selbst gut aussehen. Ihnen ist dann fast egal, ob die Geführte folgt oder flieht. Bei ihm war es anders. Wir haben uns nach der Tanda nicht getrennt, sondern uns unterhalten, dann noch eine Runde getanzt, bevor ein Tangopoet auftrat und seine Verse runterleierte. Wir sind in der Zwischenzeit ein Wasser trinken gegangen. Er stellte die üblichen Fragen. Spät in der Nacht so gegen zwei machte der DJ Schluss. Die Öffis fuhren nicht mehr, daher wollte er ein Taxi ordern, hatte wohl aber zu wenig Bargeld. Mein Hotel war in der Nähe und ich lud ihn auf einen Drink an der Bar ein. Wir haben dann noch ein wenig gequatscht. Er wollte mehr, das merkt Frau sofort. Doch ich war müde und kaputt und zahlte ihm das Taxi. Das war ihm peinlich! Dann gestand er mir, dass er sein ganzes Geld an die Familie nach Argentinien schickt und Tango sein einziges Vergnügen ist.«

Der kleine Clubsessel war unbequem und ich fror an den Füßen. Vielleicht hätte ich mir doch etwas mehr anziehen sollen. Ich setzte mich auf den Fußboden, mit dem Rücken ans Bett gelehnt und deckte die Füße mit einer Decke zu. Tina schaute verwundert zu mir herunter. Dann fragte sie neugierig: »Hast du wie Matthias Informatik studiert?«

»Ja, aber …«, ich fügte eine Pause ein, wollte, dass sie nachhakte.

»Aber, was?«

»Aber, nach dem Abi wollte ich unbedingt Maschinenbau studieren. Ich war ja besessen von mechanischen Dingen, egal ob Autos oder Uhren. Nachdem ich mich über die besten Universitäten erkundigt hatte (Aachen, Darmstadt, Braunschweig), landete ich an der TU Braunschweig. Nach einem Jahr in einem öden Zimmer unterm Dach zog ich in ein Studentenwohnheim. Dort herrschte Etagenleben. Jeder hatte sein Zimmer, man teilte Toiletten, Dusche und Küche. Über die Belegung der Zimmer entschied die Verwaltungssekretärin. Sie belegte strikt nach Warteliste. Mein Zimmer war das Mieseste. Es kam nie Sonne rein, da es im Erdgeschoss liegend vom Nachbarhaus verdeckt wurde. Ich konnte jedoch bereits nach einem Jahr in ein größeres Zimmer mit Blick nach Westen umziehen. Dort fühlte ich mich wohl. Das Maschbaustudium lag mir nicht. Ich hatte praxisnahe Themen erwartet und wurde stattdessen mit Theorie und Mathe vollgepumpt. Klar, war Werkstoffkunde spannend, klar, musste man Maschinenelemente kennen. Aber ich brannte nicht dafür, so wie ich als Schüler fürs Basteln gebrannt hatte. Nach dem Vordiplom – das zumindest wollte ich retten – wechselte ich zur Informatik. Genau gesagt, ich musste von vorne im ersten Semester anfangen.«

»Wann war das ungefähr?«

»Das war Anfang der 1990er, zu der Zeit, als die ersten PC-Clones herauskamen und es leistungsfähige Workstation gab und Mini-Computer. Mini-Computer nannte man Rechner, die etwa die Größe eines Kühlschranks hatten, ansonsten aber dieselbe Infrastruktur nutzten, wie sie auch von Großrechnern verwendet wurde. Mit der Softwareentwicklung auf dem Großrechner des Rechenzentrums konnte ich mich nicht anfreunden. Pascal und Fortran 77 im Batch waren mir zuwider. Dank meiner praktischen Bastelerfahrung und des Maschbau-Vordiploms war ich der ideale Informatiker für die Automatisierungstechnik. Die Softwareansteuerung von Motoren und die Betätigung von Hydraulikventilen wurde mein Metier.«

»Hattest du viele Freundinnen oder Freunde?«

»Du kommst immer wieder auf dieses Thema zurück!«

»Ich bin eine Frau und habe was Computer angeht nur Anwenderwissen.«

»Nun, in Bezug auf Frauen hatte ich Glück. Denn die Plätze des Wohnheims wurden paritätisch belegt. Auf jeden Studenten kam ziemlich genau eine Studentin. Jede Woche gab es eine Feier. Auch bildeten sich schnell Grüppchen. Man kochte und trank zusammen. Die Küche war der Treffpunkt und oft saßen auch Mitbewohner anderer Häuser bei uns auf unseren Sperrmüllsofas. Viele der Studentinnen waren sich zu fein, sich mit Maschbauern einzulassen. Denn unser Studiengang stand im Ruf, in Öl und Fett zu baden. Eine Bankangestellte, die ich irgendwann traf, meinte sogar, Maschinenbau – kann man das studieren? Sie selbst hatte eine Lehre gemacht, mit 18 ihren festen Freund, hatte mit 20 geheiratet, bekam mit 22 ihr erstes Kind und war mit 27 geschieden. Als ich zu den Informatikern wechselte, blieb ich für die Mädels im Wohnheim weiterhin ein Maschbauer. Irgendwas mit Computern oder Motoren; alles eine Soße. Die wenigen Frauen, die uns Technikern aufgeschlossen gegenüberstanden, waren meist vergeben. Einzig Doro, ein kleines Pummelchen, war solo und auf jeder Feier anzutreffen. Sie trank Bockbier, war schon mal betrunken und kotzte dann vorm Haus in die Blumenrabatte. Sexy fand sie niemand. Kumpel ja, Liebhaber nein. Die meisten Maschinenbaustudenten waren einfach gestrickt. Wäre Lara Croft damals bereits bekannt gewesen, wäre sie von allen verehrt worden. Ich hatte auf einer Fete mit meinen Kommilitonen ein paar Bier zu viel gekippt und dabei über die Vorzüge des Macintosh gegenüber dem IBM PC gestritten. Ein Mitbewohner begleitete mich nach Hause, denn ich schaukelte schon. Es war damals üblich, sein Zimmer offenzulassen, denn Reichtümer hatte keiner von uns. Höchstens eine Stereoanlage oder einen PC. Kurzum: Wir schossen die Tür nicht ab. Als wir bei meinem Zimmer ankamen, ging er voran, drehte aber sofort um und verabschiedete sich. Im Bett lag Doro. Sie hatte auf mich gewartet und wärmte das Bett vor. Die Vorhänge waren zugezogen. Als ich sie anschaute, lächelte sie. Natürlich wusste am nächsten Tag jeder, dass Doro bei mir übernachtet hatte. Ich leugnete es auch gar nicht. Doro jedoch zeigte ab diesem Tag ein großes Selbstbewusstsein, so dass alle Mitbewohner sie mit Respekt achteten. Unsere Liaison dauerte bis zum Semesterende. Doro verbrachte drei von vier Wochen lang die Nächte bei mir. Mit bestandenem Examen verließ sie das Wohnheim. Ich glaube, ich war darüber trauriger als sie. Tina, warst du verheiratet?«

»Einen Mann gab es nur einmal in meinem Leben!«

»Willst du die Geschichte erzählen?«

»Nun ja, wir kennen uns jetzt schon ein paar Tage und nachdem, was du durchgemacht hast, hast du die Wahrheit verdient – schließlich erzählst du mir ja alles. Ich war 17, er 21 Jahre alt. Ich weiß nicht, wie ich ihn kennengelernt habe – glaube aber, es war in der Disco. Er hat mich total begeistert, gab sich als toller Typ aus. An dem Abend reichte es für ein paar Küsse. Später kam Petting in seiner Karre dazu. Er hat mich nach Hause gebracht und mich angelogen, denn es war gar nicht sein Auto. Beim dritten Mal hat er mich gezwungen mitzumachen. Ich habe mich gewehrt, doch das machte ihn nur noch williger. Nachdem er mich endlich losgelassen hat, bin ich aus den Auto und stundenlang durch den Wald geirrt. Mir war alles egal – Hauptsache die Sache wiederholte sich niemals mehr. Seitdem bin ich vorsichtig. Und ich genieße die gemäßigte Anmache beim Tango. Angerührt habe ich keinen Mann, seit Jahren nicht. Stattdessen bevorzuge ich die gleichaltrigen Damen. Da weiß man, was man hat. Und deshalb kann ich die Herrenschritte so gut.«

Ich war baff, brachte zunächst keine Worte heraus. Was hatte ich mich in dieser Frau geirrt? Kann man sich so irren? Ich schaute mir Tina erneut an. Kritisch. Doch mir saß eine attraktive Tänzerin gegenüber – sie hatte sich nicht mit ihrer Aussage verändert. Nie hätte ich an eine Lesbe gedacht. Schade eigentlich. Aber vielleicht auch besser so, denn auch ich war nach den Tod meiner Frau enthaltsam geblieben.

»Von Ansgar, dem Kletterer habe ich dir ja schon erzählt. Das Klettern behielt ich bei, nur Ansgar schickte ich in die Wüste«, sagte sie auflockernd.

Ich musste schmunzeln – gezwungenerweise. Tina schenkte Wein nach. Ich musterte sie erneut. Sie hatte sich nicht verändert.

Kurz darauf stellte Tina die Frage, die sie schon am Donnerstagabend beantwortet haben wollte: »Möchtest du jetzt, wo es dir ein wenig anders zu gehen scheint, erzählen, wie deine Frau gestorben ist?«

»Okay, am Donnerstag konnte ich nicht, wie ich sagte. Aber jetzt hier, da schaff ich es hoffentlich.«

»Das hört sich furchtbar an.«

»Ich hatte dir schon erzählt, dass der Tanzschulbesitzer uns rausgeschmissen hatte, nachdem wir zwei Abende im Bronze-kurs gefehlt hatten. Auch hatte ich erwähnt, dass Petra allein einen Discofox-Kurs belegt hatte und eine Nacht nicht nach Hause gekommen war. Ja, sie hat ihren Seitensprung bereut und alles gebeichtet. Der Typ muss im Bett furchtbar schlecht gewesen sein. Jedenfalls bat sie mich um Verzeihung und ich konnte meiner Frau nie etwas abschlagen. Zur Versöhnung haben wir uns bei einer anderen Tanzschule angemeldet. Dort gab es einen Bronzekurs am Samstagnachmittag. Das passte terminlich gut, da wir beide am Samstag frei hatten. Unser Lieblingstanz war die Rumba, obwohl es mir immer schwerfiel, den Langschritt passend zur Musik zu verzögern. Wir haben nicht nur Spaß am Tanzen gehabt, nein der neue Kurs, der andere Tanzlehrer haben uns wieder zusammengeführt und dann passierte das, womit weder ich noch Petra gerechnet, doch immer gehofft hatten: Sie wurde schwanger.«

»Wie alt war sie?«

»Neununddreißig.«

»Und dann?«

»Nach dem Ende des Kurses ging es nicht mehr. Wir haben mit dem Tanzen aufgehört, freuten uns auf das Kind. Ich glaube, alle Männer werden fleißiger, wenn sie Vater werden oder sich das Vaterwerden ankündigt. Man fühlt die Verantwortung für Frau und Kind, zumal früher die junge Mutter auch finanziell auf Ehemann oder Eltern angewiesen war. Ich glaube, dies ist ein Urinstinkt bei uns Menschen. In meinem Fall führte dies zu vielen Überstunden. Ich wollte Geld scheffeln, wollte vorarbeiten für die Zeit nach der Geburt. Daher nahm ich einen Auftrag an, der mich drei Tage die Woche an eine andere Stadt band. Ich übernachtete zwei Nächte dort, fuhr dienstags in der Früh und war Donnerstag am späten Abend zurück. Der Auftrag sollte nur zwei Monate dauern und meine Frau war erst im vierten Monat. Finanziell war der Auftrag attraktiv, sonst hätte ich ihn auch nicht angenommen. In einer Woche streikte mein Mobiltelefon. Als ich am Donnerstagabend zurückkam und die Wohnung aufschloss, war alles irgendwie anders. Meine Frau wartete nicht auf mich. Die Wohnung schien leer zu sein. Es war nicht aufgeräumt und das Geschirr in der Spüle zeigte Essensreste, mindestens einen Tag alt. Auf dem Küchentisch lag ein Zettel: ›Gott möchte mein Kind nicht. Ich habe es verloren und jetzt will ich nicht mehr!‹ Mir wurde heiß und ich suchte sofort alle Zimmer ab, fand sie schließlich in der Badewanne mit aufgeschlitzten Adern. Das rot gefärbte Wasser war längst kalt und der Körper aufgequollen. Ich musste kotzen und war danach so geschwächt, dass ich zum Telefon kriechen musste. Drei Tage habe ich geheult und bis heute mache ich mir Vorwürfe, sie allein gelassen zu haben.«

Tina sagte nichts. Ich hörte ihr Schlucken. Auch mir war gegen Ende des Satzes die Sprache gebrochen und in meinen Augen sammelten sich Tränen. Oft dachte ich an Petra, selten sprach ich über ihren Tod und so offen hatte ich es noch nie dargestellt. Tina legte ihre Hand um meine Schulter und streichelte mich sanft. Ich ließ meinen schweren Kopf auf ihre

Schulter sinken und fühlte mich mit einem Mal sehr müde. Minutenlanges Schweigen folgte.

»Wie viele Jahre ist das her?«

»Im November wären es zehn Jahre. Nach ihrem Tod und allen folgenden Aktivitäten, also Beerdigung, Papierkram, und so weiter habe ich eine neue Wohnung gesucht. Ich hielt es in der Alten nicht mehr aus und es gab Tage, da konnte ich nicht ins Bad gehen. Ich ging in der Firma aufs Klo, habe mir dort die Zähne geputzt, bin ins öffentliche Schwimmbad zum Duschen und ich habe meinen Schmerz mit Arbeit betäubt, so dass ich die Wohnung, wenn überhaupt, nur noch zum Schlafen betreten musste. Jede Dienstreise, die mich von zu Hause fort führte, habe ich mir angetan, es war, als zöge ein starker Magnet mich in die Ferne. Ich konnte mich nicht wehren. In der neuen kleinen Wohnung wurde es besser. Doch was den Kontakt zu Frauen anging...« Ich überlegte eine Weile, wie viel ich Tina erzählen wollte. Schließlich sagte ich: »Nun, es gab mitleidige Worte von den Kolleginnen. Den Kollegen war mein Schicksal egal. Im Gegenteil, je mehr es mich zurückwarf, umso besser für sie. Und dann war da noch Ellen: Kaum war sie bei uns in der Abteilung angefangen, kriselte ihre Ehe. Nach ihrer späteren Scheidung selektierte sie die als Ersatz infrage kommenden Kollegen. Ob sie auch anderweitig suchend war, weiß ich nicht. Vor etwa einem Jahr nahm sie auch mich ins Visier. Wir gingen mehrmals mittags essen. Offen sprach sie über ihren Ex und warum es nicht geklappt hatte. Ich schwieg, wollte nicht zugeben, dass Petra sich das Leben genommen hatte. Stattdessen hörte ich ihr zu, was ihr gefallen haben muss, denn ohne es direkt auszudrücken, bat sie mich um ein Treffen am Abend. Nach dem Essen in einem der besten Restaurants der Stadt beichtete ich ihr alles. Sie musste vor Rührung heulen. Auf dem Weg zum Auto hakte sie sich unter, später umarmten wir uns. Sie schlug ein gemeinsames Wochenende vor. Als Termin avisierten wir das lange Wochenende rund um den 3. Oktober, also dieses Wochenende. Dann kam das Problem in

Belgrad und später Chefs Auftrag dazwischen. Natürlich war sie über meine Absage sehr enttäuscht und machte daraus auch keinen Hehl. Wahrscheinlich war ihre brüske Ablehnung meiner Bitte nach Bargeld ihre Rache auf meine Absage.« Ich stockte kurz und dachte nach: Hatte ich Tina zu viel verraten? Was hatte die Sache mit Ellen überhaupt mit Tina zu tun? Brauchte ich jemanden zum Wundenlecken? Gleich doppelt? Zuerst wegen meiner Frau und dann wegen der Arbeitskollegin, die mit mir hatte ein vergnügliches Wochenende verbringen wollen, was ich jetzt mit Tina und dem Tango verbracht hatte? Schnell ergänzte ich: »So richtig therapiert hat mich erst der Tango hier mit dir. Tango ist so anstrengend, dass ich für ein paar Stunden das ganze Leid vergessen habe. Danke dafür!«

Tina stellte ihr Glas zurück und zog ihre Schuhe aus. Sie sagte: »Komm, lass uns einen Tango tanzen. So kannst du deinen Schmerz am besten verarbeiten.«

Sie startete auf ihrem Smartphone eine sehr traurige Musik, ›Adiós Corazón‹ ein Tango von Osvaldo Pugliese. Barfuß standen wir uns gegenüber. Barfuß nahmen wir Tanzhaltung ein. Es war sehr wenig Platz. Daher bewegte ich mich mehr zur Musik, als dass ich Tangoschritte setzte. Und dann ergriff mich der Geist, die Seele des Tangos zum ersten Mal. Und in diesem Augenblick gab mir der Tango Linderung bei der Verarbeitung meiner Schicksalsschläge, egal, ob es der Tod meiner Frau oder der Unfall an der Donau gewesen war. Und schon bald erwartete mich der nächste Tiefschlag.

21

La Melodía De Nuestro Adiós
Francisco Canaro & Alberto Arenas

Am Morgen um halb sechs Uhr klingelte das Telefon. Der Weckanruf. Ich duschte und kleidete mich an. Gepäck hatte ich ja keins. Im Restaurant hatte man für uns Verpflegungspakete hinterlegt. Der Kaffeemaschine war die frühe Uhrzeit egal. Die Tango-Leute hatten pauschal gebucht und im Vorfeld bezahlt. Nur ich musste noch meine Rechnung begleichen. Maria lächelte, als ich an die Rezeption trat. »Na, hast du diese Nacht besser geschlafen?«

»Maria, das Zimmer ist wunderbar. Mit Blick auf die Donau und ganz ruhig. Die Dusche ist herrlich warm und um aufs Klo zu kommen, musste ich das Zimmer nicht verlassen.«

»Komm einfach wieder, wenn du Zeit hast. Ich würde mich freuen!«

»Danke. Ich überleg es mir.« Während wir die üblichen Floskeln austauschten, machte sie die Abrechnung. Meine Kreditkarte hatte nichts von ihrer Würdigkeit verloren. »Maria«, sagte ich, als sie mir die Karte wiedergab, »kannst du mir deine Privatadresse geben? Ich würde gerne deiner Tochter ein Dankeschön schicken.«

»Kein Problem.« Sie notierte etwas auf der Rückseite der Hotelvisitenkarte. »Du kannst es auch einfach ans Hotel schicken.«

Plötzlich strahlten ihre Augen und sie stieß mit ihrem Handrücken gegen ihre Stirn. »Ich vergesslicher Dummkopf. Da ist ein Brief für dich! Ich hole ihn.«

Nach ein paar Minuten reichte sie mir einen weißen Umschlag. Es sah aus, wie der, den der Polizist ihr gegeben hatte, obwohl ja Umschläge alle gleich aussehen.

»Die Polizei war gestern Abend nochmals hier und hat das für dich abgegeben.«

Ich öffnete den Umschlag. Darin befanden sich die Unfallmeldung und ein Schreiben auf Rumänisch.

»Kannst du bitte übersetzen«, bat ich und reichte ihr das Papier. Maria überflog den Text.

»Die Polizei bestätigt, dass die Ermittlung des Unfallverursachers, also des Holztransporters, erfolglos war und man das Verfahren daher einstellt. Die Beseitigung des Autowracks erfolgt durch das Straßenverkehrsamt, das sich vielleicht schriftlich bei dir melden wird.«

Dann gab mir Maria den Zettel zurück und meinte: »Es wird sich niemand melden und das Wrack wird da noch liegen, wenn du das nächste Mal kommst. Felix, ich wünsche dir eine gute Heimreise.« Sie trat hinter dem Rezeptionstisch hervor und umarmte mich. Es tat mir gut. Maria hatte ihre Integrität bewahrt und ich mir umsonst Sorgen gemacht.

»Liebe herzliche Grüße an Nea und unbekannterweise an deinen Mann. Ach ja, wie geht es dem Freund?«

Marias Gesichtsausdruck verfinsterte sich. »Er liegt noch in der Klinik. Es besteht keine Lebensgefahr mehr. Alle Angestellten des Eierfabrikanten haben sich mit ihm solidarisiert und mit Streik gedroht. Darauf hat der Chef nachgerechnet, was teurer ist und zahlt jetzt Strafe, Versicherung und Steuer. Es dreht sich immer nur ums Kapital.«

Vorm Hotel wartete der Bus. Ich war der Letzte und setzte mich zu Tina. Carlos zählte durch. Flavia und Ricardo hatten es sich in der letzten Reihe bequem gemacht. Alle waren schweigsam und müde. Die Fahrt würde dreieinhalb Stunden dauern. Unser Flug ging um 13 Uhr. Viel schiefgehen durfte auf der Fahrt nicht.

»Felix, warum hast du dich gestern nach Matthias erkundigt?«

»Ich glaube, ich kenne ihn. Kann sein, dass er für die Konkurrenz arbeitet und den gleichen Termin am Freitag in Piteşti hatte, für den ich angereist bin.«

»Woher kennst du ihn?«

»Wenn er das wirklich ist, dann waren wir Arbeitskollegen.«

»Hast du mal in der Nähe von Frankfurt gearbeitet?«

»Nein, ich habe meine Diplomarbeit in Stuttgart gemacht, den praktischen Teil. Die Firma dort baute Fertigungsanlagen für Kunden in der ganzen Welt und ich durfte Mikroprozessoren programmieren, um die Anlagen zu steuern. Dort bin ich wegen einer Frau hängengeblieben. Und als es mit ihr vorbei war, nahm ich die erste offene Stelle in der Stadt an, in der ich studiert hatte und bei der Firma, in der ich immer noch angestellt bin. Matthias arbeitete im selben Projekt. Er hat sich dann vor ein paar Jahren neu orientiert.« Ich fand meine Umschreibung der Auseinandersetzungen mit Matthias ausreichend, wollte auf keinen Fall Tinas Tanzpartner diskreditieren.

»Was war das für eine Frauengeschichte?«

»Das interessiert dich am meisten, stimmts?«

»Ja, erzähl, wir haben Zeit!«

»Ich zog also für geplant drei Monate nach Süddeutschland und wohnte zuerst zur Untermiete bei einer alleinstehenden älteren Frau. Damenbesuch war absolut unerwünscht. Das machte sie mir bereits beim Einzug klar. Jeden Tag notierte sie die Zeit, wann ich das Haus verließ und die Zeit meiner Rückkehr. Ging ich abends noch mal weg, so notierte sie das auch. War sie bei meiner Rückkehr eingeschlafen, fragte sie am nächsten Morgen, wann ich gekommen sei. Es war nicht auszuhalten. Oft fragte ich mich, wie sie meine Bewegungen beobachtete.

Schaute sie aus dem Fenster? Oder erkannte sie mich am Schritt oder am Schließen der Tür?«

»Nervig. Ist mir zum Glück nie so ergangen.«

»Durch Beobachtung bekam ich heraus, dass sie das Ab- und Aufschließen der Tür als Trigger für das Abwesenheitsprotokoll nutzte. Sonst war sie sehr nett und ich tat gerne etwas Gutes für sie, indem ich einkaufte oder sonstige Besorgungen durchführte. Nur das Nachspionieren nervte mich. Zuerst versuchte ich sie, mit einer Tonaufnahme zu täuschen. Ich nahm das Herumdrehen des Schlüssels mit einem Kassettenrecorder auf und spielte es am Abend ab, so dass sie glauben musste, ich wäre gegangen. Es dauerte ein paar Minuten und die Alte klopfte zaghaft an meiner Tür, fragte leise ›Herr Müller, sind sie da?‹. Als keine Antwort kam, schloss sie die Tür mit einem Nachschlüssel auf. Ich hatte mich hinter einem Vorhang versteckt und beobachtete sie. Sie suchte nach Zeitschriften, dachte wohl, ich hätte den Playboy oder andere Magazine dieser Art versteckt. Sie fand aber nichts. Am nächsten Tag fragte ich beiläufig, ob sie mein Zimmer saubergemacht hätte? Wieso?, kam zur Antwort. Ich sagte ihr, ich vermisste eine Zeitschrift und ich wäre sicher, sie am Vortag noch gesehen zu haben. Damit hatte ich ihren Ehrgeiz angestachelt und konnte sichersein, dass sie erneut schnüffeln kommen würde. In der Tat kam sie gleich nach meiner nächsten Abschließsimulation. Ich war es leid und kaufte ein Steckschloss, also ein Schloss, das man bei alten Zimmertüren in das Schloss steckt und das Betätigen des Schließzylinders verhindert. Das hätte ich nicht machen sollen. Die alte Dame schrie mich an, sie könne nicht mehr staubsaugen, alles würde verdrecken, seit ich da sei. Es wäre besser, wenn ich auszöge.«

»Kaum zu glauben! Was hast du gemacht?«

»Bin ausgezogen. Noch am gleichen Tag suchte ich in den einschlägigen Zeitungen nach Zimmern für eine Übergangszeit. Ich fand eins in einer WG. Ein Mitbewohner war über die Ferien verreist und wollte Miete sparen. Außer ihm wohnten noch eine Studentin und ein Auszubildender in der WG. Die Studentin hieß Regina, wurde Gina gerufen. Bereits als ich die Wohnung besichtigte, waren wir uns sympathisch. Als der Auszubildende, wesentlich jünger als sie und ich, nach Hause kam, wurden wir uns schnell einig. Ich zog mehr oder weniger sofort ein. Am nächsten Abend lud ich meine Mitbewohner zum Essen ein. Ich kochte das, was ich beherrschte, ein Gemüsecurry, heute würde man es vegan nennen. Es schmeckte den beiden. Mir sowieso. Der Auszubildende wollte los, hatte noch eine Verabredung und so saßen Gina und ich in ihrem Zimmer und gönnten uns Bier. Wir kamen ins Gespräch, ich respektierte ihre Meinung und hinterfragte. Um 11 Uhr am Abend lobte sie mich, sie hätte lange keinen so verständnisvollen Menschen kennengelernt. Dann küsste sie mich und den Rest muss ich nicht erzählen. Die Freundschaft mit Gina beflügelte meine Arbeiten in der Firma. Ich war der Einzige, der sich mit Mikroprozessoren richtig gut auskannte. Als ich mein Diplom endlich in der Hand hielt, hatte ich den Arbeitsvertrag bereits unterschrieben. Zwei Tage später fing ich bei voller Bezahlung an. Ich hätte den Job nicht angenommen, wenn Gina nicht gewesen wäre.« Ich erzählte ihr noch kurz, warum ich mich mit dem Einkaufsleiter überworfen hatte und kündigte, doch die Details verstand sie nicht und der ganze Computerkram interessierte sie auch nicht sonderlich.

»Und dann bist du zurück in die Stadt, in der du studiert hast, und bist dort hängengeblieben?«

»Ja, ein viertel Jahr später traf ich zufällig Petra wieder, die sich nach einem Malta-Urlaub ein paar Jahre zuvor von mir getrennt hatte. Ich entschuldigte mich für die Sache auf Malta und schon am nächsten Tag trafen wir uns und fühlten uns sofort wieder pudelwohl miteinander.«

»Und wie geht es jetzt bei dir beruflich weiter?«

»Ist wohl besser, dem Rausschmiss zuvorzukommen, statt auf die Kündigung zu warten.« Ich überlegte. Eine Frage brannte noch: »Hatte der Tango bei dir Konsequenzen auf deine Arbeit?«

»Ja, zum Positiven, denn beruflich hat sich der Tango für mich ausgezahlt. Bei der Versicherung angefangen habe ich als Aushilfe. Nachdem ich beim Tango gelernt hatte, wie wichtig präzises Führen und hier besonders die nonverbalen Signale sind, achte ich auch im Beruf mehr darauf, Projektziele exakt zu beschreiben. Das haben meine Chefs auch erkannt und seit ein paar Jahren bekomme ich eine Projektleitung nach der anderen zugeschanzt. Kurzum: Ich kann jeder Tanguera nur empfehlen, beim Tanzen die Rollen zu wechseln und auch die Seite des Führenden kennenzulernen. Man merkt gleich, warum bestimmte Dinge falsch geführt werden, über die frau sich jahrelang geärgert hat. Auf der anderen Seite kann ich die Männer verstehen, die am Tango verzagen und sich dem Tanzen generell ab- oder einem leichteren Tanz zuwenden. Es verlangt eine große Ausdauer und Willenskraft, immer wieder die kleinen Niederlagen im Tango wegzustecken. Denn es gilt ja: Der Führende hat immer Schuld. Wenn sie also nicht das tanzt, was er möchte, dann ist seine Führung falsch oder sie hat etwas auswendig gelernt.«

»Danke für den Tipp. Das werde ich beherzigen, gleich morgen früh!«

Je näher wir Temeswar kamen, umso nervöser wurde ich. Ich war noch nie auf einem großen Verkehrsflughafen gewesen, kannte so ein Gebäude nur aus dem Fernseher. Gepäckabgabe – ich hatte keins –, Leibeskontrolle, Handgepäckcheck – nur mein Haustürschlüssel und das Portemonnaie – und vor allem das Warten in der kleinen Abfertigungshalle. Ich fühlte mich wie Stückgut.

Beim Einsteigen wurde mir mulmig. Doch der Innenraum mit seinen doppelten Sitzreihen war großzügig und von meinem Gangplatz zur Toilette war der Weg nicht weit. Beim Abheben grummelte es heftig in meinem Magen. Ich kaute

Kaugummi, als müsste zähe Melasse zu Brei werden. Während des Flugs gab es Turbulenzen, die mich ängstigten. Zwei oder dreimal wollte ich aufs Klo rennen, doch es war Anschnallpflicht. Ich bat die Stewardess um eine Brechtüte. Sie musste lachen. »Sind Sie noch nie geflogen?«

»Mit so einem großen Vogel noch nicht. Nur einmal mit einer Piper abgestürzt.«

»Oh, ich bringe Ihnen was.«

Wenig später kam sie mit einer Schachtel Pillen und einer kleinen Flasche Wasser zurück. »Keine Sorge, ist nur Baldrian.«

Ich schluckte viele davon. Nach einer Weile ging es mir besser, das heißt, mir war alles völlig egal.

Am meisten Angst bereitete mir natürlich die Landung. Denn diese war ja in meiner Jugend gründlich schiefgegangen. Als die Landeklappen ausfuhren, drückte ich mir die Ohren zu. Doch der Pilot war ein Profi und setzte die Embraer sauber auf. Zugegeben, selbst Autofahren ist teilweise ruppiger. Dennoch war ich froh und atmete tief durch, als wieder Frischluft in die Kabine strömte.

Es war früh am Nachmittag. Wegen der Zeitverschiebung hatten wir eine Stunde gewonnen. Während die Tango-Gruppe auf ihr Gepäck wartete und nach Empfang desselben peu à peu verschwand, verabschiedete ich mich zuerst von Carlos. Ich dankte ihm und notierte mir seine Kontoverbindung. Dann war die Zeit des Abschieds von Tina gekommen. »Felix, komm doch noch mit. Hier in Frankfurt gibt es gute Cafés.«

»Tina, danke für das Angebot. Aber ich brauche dringend andere Klamotten. Und heute ist Feiertag, da haben alle Geschäfte zu.«

»Ach ja, stimmt!«

»Tina. Dankeschön für alles. Du hast mein Leben verändert. Ich fühle mich therapiert. Morgenfrüh schmeiß ich meinem Chef den Ausweis auf den Tisch und dann guck ich mal, wie es weitergeht. Vielleicht ziehe ich ja nach Frankfurt. Und wenn nicht, dann möchte ich unbedingt mit dir Tango tanzen. Kannst schon mal den nächsten Tango-Urlaub planen. Einen Anfängerkurs werde ich jedenfalls nicht machen, nachdem was du mir erzählt hast.«

Sie umarmte mich und ich wusste, dass ich diesen lieben Menschen bereits am nächsten Tag vermissen würde.

Wir trennten uns mit einem Schmunzeln auf den Lippen.

Das Praktische am Frankfurter Flughafen ist der integrierte ICE-Bahnhof, auch wenn man einen Zentimeter-Marathon laufen muss, um ihn zu erreichen. Ich löste eine Fahrkarte – der Preis war mir in dem Moment egal – und setzte mich in den nächsten ICE nach Norden. Sogar ein Taxi gönnte ich mir für die letzte Meile.

Der Haustürschlüssel passte. In Anbetracht meiner Abenteuer in den letzten Tagen, fast ein kleines Wunder. Nach Petras Tod fand ich eine Studiowohnung am Rand der Innenstadt. Ein großes Zimmer mit abgetrennter Kochecke und Bad. Das große Fenster erlaubt einen Ausblick über die Dächer der Stadt. Fahrstuhl und Tiefgarage gehören dazu. Als Wohnzimmertisch dient mir bis heute eine alte Holzkiste, die mir auf dem Trödelmarkt über den Weg lief. Nachdem ich damals die erste Nacht in meinem Apartment verbracht hatte, kaufte ich teure Satin-Bettwäsche, wollte vom Muff des Todes wegkommen. Glücklicherweise ist die kleine Küche gut ausgestattet und verfügt nicht nur über einen Geschirrspüler, nein auch eine Waschmaschine hatte der Vormieter zurückgelassen. Mehr brauche ich nicht.

Ich ging duschen, wechselte meine Klamotten. Da lag Günters Kleidung. Ich musste sie waschen und per Post schicken. Seine Adresse hatte ich mir notiert. Der Kühlschrank war leer. Ein Smartphone hatte ich nicht mehr und das Festnetztelefon schon lange abgemeldet. Es war früher Abend, ich fühlte mich einsam und die Enge der Wohnung drohte mich zu erdrücken. Normalerweise gab es diesen Zustand nicht. Normalerweise hätte ich am Rechner gesessen und jede freie Minute mit der Weiterentwicklung der Software verbracht, allein schon, um mich abzulenken.

Neben meinem Schreibtisch stand ein alter PC, noch mit Röhrenmonitor. Ich hatte ihn seit Jahren nicht mehr benutzt. Der Support des Betriebssystems war lange abgelaufen, die Kontaminierungsgefahr bei Internetnutzung sehr hoch. Trotzdem kramte ich ihn hervor, blies den Staub der Jahre weg und schaltete ihn ein. Ein Piep bestätigte seine Wiederbelebung. Nach einer schier endlosen Wartezeit, in der die Festplatte wie eine alte Oma keifte, erschien endlich der Begrüßungsschirm. Ich wusste sogar noch mein Passwort. Als der Browser das Tor zur Welt freigab, suchte ich nach Tango in meiner Stadt. Der älteste Verweis führte zu einer Disco in der Dompassage, die schon vor Jahren ihre Kellertür geschlossen hatte. Dann gab es ein paar Treffer mit Tangoschulen. Der Internetauftritt eines Tangomenschen stammte aus dem Anfang der 2000er. Gleich drei Tickermeldungsbalken machten auf vergangene Veranstaltungen aufmerksam: Milonga am Freitag, Schnupperkurs, Anfänger-Workshop als Voraussetzung zur Aufnahme in die laufenden Anfängerkurse. Die Bildergalerie zeigte Tänzer im Park und ein älteres Paar in einem Saal mit roten Lichterketten. Nichts für mich.

Ein zweiter Treffer verwies auf Veranstaltungen im Kulturzentrum. Jeden Montag bot eine Gruppe von Enthusiasten Práctica und Milonga an. Das nächste Ergebnis der Suchmaschine: Ein privates Theater veranstaltete einmal im Monat ein Tango Café am Sonntagnachmittag. Und dann war da noch der Eintrag einer Tangoschule in einem stadtbekannten ehemaligen Restaurant mit Saalbetrieb. Das Foto des Tanzlehrerpaars entsprach voll den gängigen Klischees über den argentinischen Tango und strotzte vor Erotik, obwohl Sie ihre Lebensmitte bereits überschritten hatten. Dann folgte der Verweis auf einen stadtbekannten Tanzsport Club, der ebenfalls eine Tango-Sparte unterhielt. Trainierten die für Wettbewerbe? Gab es sowas? Deutsche Meisterschaft im Tango Argentino? Ich hatte genug gelesen und schaltete den PC aus.

Im Dönerdreieck tobte das Leben, doch ich hatte keinen Appetit auf das viele Fleisch. Ein paar Straßen weiter gab es in der Sushi-Bar noch einen freien Tisch. Bei Reisrollen und japanischem Bier dachte ich über meine Zukunft nach: Ich hatte es versaut, wenn auch aus meiner Sicht unverschuldet. Doch versaut ist versaut. Die Firma würde Pleite gehen oder ein billiges Übernahmeopfer werden. Auf jeden Fall bot der Laden mir keine Zukunft. Besser ich würde kündigen, gleich am nächsten Tag, bevor Chef mir zuvorkommen würde. Und dann? Oder erst einen neuen Job suchen und dann kündigen? Auf jeden Fall brauchte ich ein neues Smartphone, einen Laptop und ein gebrauchtes Auto. Und ich musste das schönste Märchenbuch für Nea finden und ihr zusenden. Natürlich werden Sie sich fragen, wieso ich das Märchen vom Rumpelstilzchen hatte auswendig vortragen können? Na, ja, es war mehr erlogen als gewusst, denn gelesen hatte ich es in letzter Zeit nicht. Jedoch hörte ich auf der Fahrt nach Belgrad auf einem überregionalen Radiosender die Sendung ›am Morgen vorgelesen‹ und dort hatte man sich ausgerechnet das grimmsche Märchen herausgepickt. Gemerkt hatte ich es mir vor allem, weil mein Nachname gleich im ersten Satz vorkam: ›Es war einmal ein Müller, der war arm, aber er hatte eine schöne Tochter. …‹. In dem Moment, wo ich Nea das Märchen vortrug, war ich in der Tat arm gewesen, doch ich hatte keine schöne Tochter, nein gar keine und auch keinen Sohn – hätte aber gerne eine Tochter gehabt und musste erneut an Petra denken.

Die Reisrollen waren alle. Ich trank noch ein Bier und träumte weiter. Erst im Restaurant, dann auf der Straße und später in meinem Bett. Ach, wie schön ist das eigene Bett in der eigenen Wohnung!

22

Volver
Carlos Gardel

Am Dienstag radelte ich in aller Frühe zur Firma. Ich wollte unbedingt vor Chef da sein. Als ich gerade mein Fahrrad abschloß, fuhr ein Auto auf den Parkplatz. Ich konnte das Fahrzeug beobachten, ohne selbst gesehen zu werden, denn ein Fahrradunterstand bot mir Schutz. Das Auto gehörte Ellen. Sie stieg nicht gleich aus, sondern verabschiedete sich von einem Mann, der auf dem Beifahrersitz ihre Fahrkünste bewundert hatte. Ellen fährt sehr gut, besser als ich - meistens. Auch würde sie nie an so einer Stelle halten, die ich mir an der Donau ausgesucht hatte. Die beiden küssten sich innig und es dauerte eine Weile, bis sie und der Typ endlich ausstiegen. Es war mein Chef!

Er war also nicht auf Dienstreise gewesen. Nein, er hatte Urlaub gemacht von Donnerstag bis Montag. Zusammen mit Ellen. Jeder in der Firma wusste, dass Ellen und ich uns gut kannten. Nur dass nichts daraus geworden war, hatte sich nicht bei allen herumgesprochen. Und um sicherzugehen, dass ich den beiden auf jeden Fall nicht dazwischenfunke, hatte er mir wohl den Termin aufgedrückt.

Nachdem ich kurz mein Büro aufgesucht und meine wenigen Habseligkeiten zusammengekramt hatte, stürmte ich zum Chef ins Büro. Ellen war noch nicht an ihrem Platz, das Vorzimmer somit nicht besetzt. Chef zog gerade seine Jacke aus und wollte es sich am Schreibtisch bequem machen.

»Hallo Chef! Tut mir leid, ich habe den Kundentermin in Pitești nicht wahrnehmen können. Ein Holzlaster hat auf der Donauuferstraße mein Auto mitsamt Laptop, Koffer, Smartphone und Papiere von der Straße in den Abgrund geschupst. Runtergefallen, ausgebrannt. Alles futsch. Ich konnte dich nicht erreichen, hatte keine Papiere und kein Geld. Tessa hat mir die Unterlagen in ein Hotel geschickt. Ich habe den Kunden angerufen, der sagte, verschieben geht nicht, da fester Termin 30.9. von der EU vorgegeben wurde.«

»Nun setzt dich doch erstmal. Du bist ja immer noch durcheinander. Wie bist du denn überhaupt so schnell hierher gekommen – ohne Geld?«

»Ich will mich nicht setzen! Und wie ich hergekommen bin, interessiert dich doch sowieso nicht. Bist ja nur froh, dass ich weg war. Doch warum ausgerechnet sie?«

»Sie ist attraktiv, gut im Bett und frei.«

»Na, dann wäre das ja auch geklärt. Was findet sie eigentlich an dir? Ich wusste gar nicht, dass sie auf Schmerbauch steht. Bevor du jetzt loslegst: Tessa hat mir schon gesagt, dass du mich rausschmeißen wirst. Brauchst du nicht. Ich gehe!« So wie ich es mir in den letzten Tagen ausgemalt hatte, pfefferte ich ihm die Papiere auf den Schreibtisch. »Und hier die Verlustmeldung des Firmenlaptops und des Ausweises.« Ich hatte am Vorabend auf einem Blatt Papier handschriftlich eine formlose Verlustmeldung verfasst. »Und Tschüss!«, sagte ich danach, drehte mich um und war schon an der Tür.

»Warte!«, rief Chef.

Jetzt tritt er nochmal richtig nach, dachte ich. »Wozu? Reicht das nicht?«

»Du brauchst nicht zu gehen. Wir haben den Auftrag!«

»Wie das denn?«

»Tessa hat am Freitag um 9:00 beim Kunden angerufen, gesagt, dass du einen Unfall hattest und dass sie die Präsentation gerne online machen würde. Der Kunde hat zugestimmt. Sie hat statt der Folien – ich weiß meine Folien waren nicht gut – einfach unseren Piloten live vorgeführt. Und weil die beiden anderen Kandidaten keinen so guten Eindruck hinterlassen haben, wie unsere Tessa mit ihrer lieblichen Stimme, haben wir jetzt den Auftrag! Da staunst du, ja?«

Kleines Lexikon bekannter Tango-Begriffe

Milonga	Bedeutung A: sehr rhythmusbetonte, beschwingte Form des Tangos meist im 4/4 Takt. Bedeutung B: Ein Tango-Tanzabend.
Vals	Tango im Takt des Wiener Walzers (3/4 Takt).
Bandoneon	Eine Handharmonika mit Knöpfen auf beiden Seiten. Im Gegensatz zum Akkordeon erzeugen dieselben Tasten beim Aufziehen und Zusammendrücken unterschiedliche Töne.
Molinete	Moulinette / Windmühle. Drehung, bei der ein Tanzpartner (meist die/der Geführte) um den Führenden (Zentrum der Drehung) herum geht und dabei die Kombination von Rückwärtsocho / Seitschritt / Vorwärtsocho ausführt.
Tanguera/ Tanguero	Tangotänzerin / Tangotänzer
Practica	Übungs-Milonga
Tanda	Abfolge von meist vier ähnlichen Tangos oder meist drei Valses oder Milongas. Zwischen den Tandas wird eine Cortina gespielt.
Cortina	Kurzes Musikstück zwischen zwei Tandas, meist von einem Musikgenre, welches sich nicht zum Tangotanz eignet (Jazz, Salsa, etc.). Eine Cortina fordert die Tanzenden zum Wechsel des Partners auf.

Ocho	Acht. Schritte, meist der Geführten, mit der eine Acht auf den Boden gemalt wird.
Enrosque	Gewinde/Schraube. Drehbewegung von Ober- und Unterkörper bei der sich die Beine verdrehen. Dabei wird das hinteren oder vorderen freie Bein hinter oder vorgekreuzt.
Neo-Tango	Musikstil seit ca. 2000. Tangomusik auf modernen, auch elektronischen Instrumenten zu der offener getanzt wird.
Non-Tango	Tangotanz zu Nicht-Tangomusik, wie Jazz oder Rumba. Typischerweise Titel, die den Emotionen des Tangos entsprechen, z.B. Themen, wie Sehnsucht oder Verlust.
Gancho	Haken. Das Spielbein umhakt das Bein des Partners bei sehr engen gegenläufigen Schritten, wobei das Bein frei schwingt, um dann wieder auszufedern.
Cunita	Wiegeschritt
Volcada	Umkippen/Kipper. Durch übertriebene Schräglage verursachte Schrittfolgen und Posen. Der Führende kippt die Geführte kurzzeitig aus ihrer Achse, um sie per Kreisbewegung wieder in die Senkrechte zu führen. Die Geführte beschreibt mit ihrem freien Bein eine Kreisbewegung, die mit einem Hinterkreuzen endet.
Otra-Rufe	Rufe nach Zugabe bei einem (Tango-)Konzert oder Vorführung.

Der Autor.

Bert Sieverding arbeitet in Braunschweig. Viele Jahre
lebten seine Romane von dem, was Hobbys und das
Arbeitsleben bieten. Eines seiner Hobbys ist das
Tango-Tanzen.